Sandy Jud

„Tschäggsch dä Pögg?!"
Spitze Feder 3

Sandy Jud

„TSCHÄGGSCH DÄ PÖGG?!"

Spitze Feder 3

Bibliografische Information der Deutschen Nationalbibliothek:
Die Deutsche Nationalbibliothek verzeichnet diese Publikation in
der Deutschen Nationalbibliografie; detaillierte bibliografische
Daten sind im Internet über http://dnb.dnb.de abrufbar.

© 2020 Sanju Star GmbH, Sandy Jud

Konzept und Realisation, Text und Abbildungen / Gesamtverant-
wortung: Sandy Jud
Bilder: Internet, Pixabay
Layout Umschlag und Inhalt: Sandy Jud
Herstellung und Verlag: BoD – Books on Demand, Norderstedt

ISBN: 9783752643176

Verurteile niemals einen Menschen voreilig für sein Handeln, denn er hatte bestimmt triftige Gründe dafür.

Zur Autorin

Sandy Jud wurde 1982 am Zürichsee geboren, wo sie auch heute noch lebt. Sie hat schon viel ausprobiert in ihrem Leben. Gestartet als Drogistin, war sie u.a. als Koordinatorin für Telefonbücher zuständig, plante Photovoltaikanlagen, verkaufte Backwaren und Gemüse und arbeitete auf verschiedenen Baustellen in der Schweiz. Heute ist sie als Visagistin und Dozentin tätig, malt grosse Acrylgemälde, illustriert Kinderbücher und schreibt leidenschaftlich gerne Kolumnen und Kurzgeschichten über alltäglich Sonderbares.

„Tschäggsch dä Pögg?!" ist ihr 3. Buch, welches aus ihrem Blog „Spitze Feder", sowie ihrer Tätigkeit als Kolumnistin für die Zeitschrift Fischotter (www.fischotter.ch) hervorgeht. Weitere Infos zu Sandy Jud findet man unter www.sanjustar.com.

Halli hallo und sali du

Hallo, schön, dich zu sehen. Nach meinen ersten beiden Büchern „Sorry gäh..." und „Tiggts no?!" wurde schnell der Wunsch in mir wach, ein drittes zu schreiben, denn aller guten Dinge sind doch mindestens drei. So viel gibt es noch zu berichten, zu beobachten und zu analysieren auf dieser herrlich bekloppten Welt!

Auch in meinem 3. Band ist mir Grammatik eigentlich so lang wie breit, denn jedermann weiss ja, dass es vor allem auf den Inhalt, denn weniger auf die Verpackung ankommt. Und so habe ich mir redlich Mühe gegeben, gewisse Regeln einzuhalten, andere wiederum habe ich ganz bewusst gebrochen – tschäggsch dä Pögg?!

Auch in diesem Band wird es Geschichten geben, die dich vielleicht nicht zu packen vermögen, die dich vermutlich gar langweilen werden. Aber das ist nicht weiter tragisch, denn du hast ja zwei gesunde Hände zum Weiterblättern, gäll...

In anderen wiederum findest du dich vermutlich gar selbst wieder und da machst du dir dann ein Eselsohr rein, um sie deinen Liebsten vorzulesen? Sehr cool...

In diesem Band wirst Du neu auch Kurzgeschichten finden, die gänzlich erfunden sind (oder vielleicht doch nicht?), und manchmal auch den einen oder anderen Misston herauslesen, denn nicht alle Tage sind in Dur gehalten, manche sind halt ganz einfach in Moll untermalt.

Was gibt es sonst noch gross zu sagen? Eigentlich gar nichts - sorry gäh.

Also dann, auf, auf und los gehts. Dieses Mal besuchen wir magische Umkleidekabinen, lernen den Kissen-Mann kennen und wundern uns, warum gewisse Türen auf einmal offenstehen. Wir nerven uns über Alte, freuen uns über Neues und versuchen aus allem irgendwie doch das Beste zu machen.

Also Obacht – es geht los!

Deine Sandy

Kleiderwechsel

Hi, schön dich zu sehen. Ich habe mich vor Jahren in eine Hose verliebt. Ich habe sie gesehen, bin spontan reingeschlüpft und habe sie auch gleich anbehalten. Sie wurde zu meiner absoluten Lieblingshose. Farbe, Schnitt, Stoff, alles hat gepasst wie Arsch auf Eimer. Und sie liess sich gut mit anderen Kleidungsstücken kombinieren. Kein sich gegenseitiges Aufreiben, kein Farbenwirrwarr, einfach perfekt.

Auch konnte man viel mit dieser Hose unternehmen. Ob Wandern, Shopping oder Ferien – sie machte alles mit. Ich war sehr zufrieden mit meiner Lieblingshose und wollte eigentlich bloss noch diese eine tragen, immer.

Klar kam es ab und zu dann doch mal vor, dass ich mit einer anderen Hose wegging, weil die Lieblingshose doch mal eine Wäsche nötig hatte. Vielleicht die schicken Nadelstreifen oder doch die sehr legeren Leggins? Es war ganz okay, doch das Grundgefühl war nie dasselbe. Ich fühlte mich irgendwie fremd in der eigenen

Haut und sobald die Lieblingshose wieder trocken war, schlüpfte ich beherzt aufs Neue hinein und die Welt war wieder in Ordnung…

Und so ging das über die Jahre hinweg sehr gut. Ich war zufrieden, ich war glücklich mit meiner Hose. Aber nichts hält für ewig, das ist allgemein bekannt…

Und so lief ich eines Tages in einem Laden ganz unverhofft an eine neue Hose. Sie winkte mir förmlich aus dem Regal zu und wiederum ganz spontan, schlüpfte ich hinein. Bloss, um mal zu sehen, wie es sich so anfühlt.

Und als ich mich da so in der Umkleidekabine im Spiegel betrachtete, in dieser neuen tollen Hose, die einfach perfekt an mir aussah und ich mich so gut darin fühlte, wanderte mein Blick zu meiner alten Lieblingshose, welche da ganz traurig auf dem Stuhl lag. Und ich musste mit Schrecken feststellen, dass meine Lieblingshose gar nicht mehr so perfekt sass wie ich bisher immer angenommen habe. Die Taille sass zu locker, der Stoff am Hintern war abgescheuert, auf den Knien hatte es gar ein kleines Loch.

Doch was war geschehen? Habe ich ihr zu wenig Sorge getragen, sie als selbstverständlich angesehen? Sie war ja immer da! Ich habe sie gewaschen, aber womöglich auch überstrapaziert? Ich habe sie zu allen erdenklichen Unternehmungen getragen und dabei nicht einmal bemerkt, dass sie mit der Zeit unangemessen wurde? Ich habe wohl das Getuschel der Leute hinter vorgehaltener Hand ignoriert, dass meine Hose zu lose sei, zu abgenutzt, nicht mehr recht passen wollte. Ich habe es nicht hören, nicht sehen wollen.

Und so habe ich mich schweren Herzens von meiner alten Lieblingshose getrennt. Ich habe die neue Hose anbehalten und sie zu meiner neuen Lieblingshose erkoren. Ich trage sie nun mit grosser Sorgfalt und versuche, mich jeden Tag an ihr zu erfreuen.

Klar finden einige Leute, die alte Hose hätte es doch noch eine Weile getan, war doch eigentlich noch ganz gut und eine perfekt passende Hose sei ohnehin Wunschtraum, aber ich denke, diese Leute sollten doch zuerst einmal im eigenen Kleiderschrank für Ordnung sorgen.

Und meine alte Lieblingshose? Die habe ich trotz allem behalten. Ganz allein für mich. Ich schlüpfe nicht mehr hinein und ich werde sie auch in der Öffentlichkeit nicht mehr tragen. Aber als Erinnerung liegt sie zuhinterst in meinem Schrank. Sie hat mich so viele schöne Jahre begleitet und ich verbinde viele tolle Erinnerungen mit ihr. Ich möchte sie nicht fortwerfen. Dass sie sich verändert hat im Laufe der Zeit und ich mich dazu, dass sie ein wenig verzogen wurde und nicht mehr recht sitzen wollte, dafür können wir wohl beide nichts.

Und so behalte ich sie, ganz allein für mich, in guter Erinnerung. Manchmal nehme ich sie rasch hervor, ich halte sie, ich schau sie mir an und lege sie dann andächtig zurück auf ihren neuen Platz. Denn den wird sie wohl auf ewig behalten, einen Platz in meinem Schrank.

Die Liebe mein Freund, ist eine verdammte Hose.

Wie chlilililili isch doch diä Wält

Grüezi, schön dich zu sehen. Ich habe vor einiger Zeit einem Gespräch gelauscht, in dem sich eine Mutter mit ihrem ca. 4 Jahre alten Mädchen unterhalten hat. Und das ging in etwa so…

„Los, tuäsch s'Jäggli wieder alegge Spätzli, es isch jetzt doch wieder chüeler worde, gäll…"
Das Mädchen hat genickt und sich beim Anziehen helfen lassen.

„So, no s'zweiti Ärmli… und no s'Helmli und jetzt tuäsch Dis Trottinettli gschnell stosse…"
Das Mädchen, nun mit Hello Kitty-Helm und pinker Jacke, nahm wortlos sein rosa Kickboard und stiess es ein bisschen widerwillig vor sich her…

„Luäg det vorne chasch denn s'Wäägli durab fahre, det isch es nümm so stotzig, gäll…"
Das Mädchen nickte wieder artig und beide gwaggleten davon. In der Ferne hörte ich noch

leise die Mutter sagen: „Bisch es Schätzeli." Und dann sah ich noch, wie sie dem Meiteli ein Chusseli aufs Chöpfli (oder besser Helmli) drückte…

Die Szene hat mich berührt und irgendwie auch gerührt. Eine typische Schweizer Mami mit ihrem Zwerg. Woran man das erkennt? Vor allem an der Sprache. Und wie ich da so stand, kam mir spontan in den Sinn…

- Unser Grosi schlief im Stübli, wenn es uns besuchte

- Spielen durften wir Kinder auf dem Strössli vor dem Haus

- Die Winterjacken hingen bei uns im Chämmerli

- Unsere Velöli standen im Rüümli

- Dem Samichlaus musste man (widerwillig, war ja klar) ein Chusseli geben, dem Schmutzli nicht

- Laufen durfte ich jeweils auf dem Müürli

- Gespielt haben wir auf dem Plätzli vor dem Haus

- Oftmals schaukelte ich auf dem Gireizli

- Gekuschelt habe ich mit meinem Plüschäntli

- Meinem Bäbeli habe ich die Höörli gekämmt

- Mein Teddybärli lag im Wägeli oder im Bettli

- Einkaufen waren wir jeweils im Lädeli

- Dort bekamen wir manchmal ein Weggli, ein Semmeli oder ein Gipfeli

- Am Kiosk erhielten wir ein Zältli, in der Drogerie ein Truubezückerli und beim Metzger ein Wurschteli

- Aus dem Urlaub hatten wir schöne Föteli

- Diese wurden mit Fotoeggli oder Chläberli ins Album geklebt

- Vor dem Einschlafen gabs ein Gschichtli

- und wenn wir artig waren, durften wir uns ein Filmli im Fernsehen anschauen

…ich könnte noch ewig so weitermachen… Wie klein die Welt als Kind doch ist! Klein und in Ordnung. Und das kommt mit unserer Sprache auch so richtig schön zur Geltung.

Sodeli, und mit diesem schönen Gefühl der Erinnerung an meine Kindheit, mache ich mich auf den Heimweg und dann gibt's ein Käfeli. Nu gschwind s'Högerli duruf, denn bini au scho da.

Uf Wiederluege und schöns Tägli – machs guet!

Etienne & Marie

Das soll es nun also gewesen sein, denkt sich Marie, als sie Etienne die Strasse entlanggehen sieht. Ein schlichtes «Ciao», beendete soeben eine jahrzehntelange Beziehung und er schlendert beinahe nonchalant die „Rue de liberté" entlang. Kein letztes Dankeschön, keine Umarmung, kein Handschlag, kein Lebewohl. Nichts.

Etienne und Marie, Marie und Etienne. Von nun an wieder bloss Etienne und Marie oder Marie und Etienne. Die Hälfte ihres bisherigen Lebens wurde mit einem lieblosen «Ciao» ermordet. Alles bloss noch Geschichte. Bloss eine Erinnerung.

Tränen bahnen sich ein allerletztes Mal ihren Weg und auch wenn Sie diejenige war, die die Beziehung schlussendlich beendet hat, so steht sie heute, an diesem verdammten Tag, scheinbar als alleinige Verliererin da. Als hätte sie allein die Beziehung zerstört, als wären nicht immer zwei daran beteiligt. Fortan ist sie ein Niemand mehr. Nicht mehr existent. Und sie weint. Nicht um Etienne. Sie weint sich das Gefühl von der Seele, ein Niemand zu sein. Sie weint um die schönen Erinnerungen, die Etienne nun nicht mehr haben will. Sie weint um 20 Jahre, als hätte es sie niemals gegeben.

Ein grosser Haufen Müll stapelt sich unten im Keller, den Marie nun entsorgen darf. Als müsste sie die Beziehung erneut begraben, sozusagen als letzte abschliessende Konsequenz ihrer Entscheidung, ihres Handelns. Als groteske Symbolik lacht ihr der Scherbenhaufen entgegen und sie tritt wütend in eine alte Kiste. Das Gute in Ehren halten, das Schlechte vergessen. Das Gute in Ehren halten, das Schlechte vergessen. Wie ein immer kehrendes Mantra spricht Marie diese Worte unablässig, währenddem sie auf Schachteln und Taschen, Koffer und Bücher eintritt.

Müde und erschöpft setzt sie sich auf den Boden. Kann man eine Beziehung überhaupt «nett» beenden? Sind Wut, Trauer, verletzter Stolz und Unverständnis nicht unweigerlich Begleiter eines solchen Handelns?

Kann man denn nicht ein einziges Mal über seinen Schatten springen und «in Frieden» auseinandergehen? Sich alles Gute wünschen, sich für die schöne Zeit, die man gemeinsam hatte, bedanken, einander vergeben und nach vorne schauen?

Wunschdenken…

Marie schnaubt verächtlich. Haben Etienne und sie nicht oft davon gesprochen, dass es bei ihnen anders sein würde? Dass man Freunde sein könnte und sich nicht in die Reihe der gescheiterten Pärchen einreihen möchte? Damals hat man, heute nicht mehr.

Marie entdeckt in all dem Müll ein kleines Bild in einem goldenen Rahmen. Zu Beginn ihrer Beziehung hatte sie dies Etienne gezeichnet und er hatte es stets in Ehren gehalten. Nun liegt es da. Vergessen, zurückgelassen, weggeworfen. Und erneut kommen die Tränen. Der Anblick dieses Bildes schmerzt sie mehr als alles andere. Du bist ein Niemand mehr Marie. Weniger als Müll.

Marie schliesst den Keller zu. Sie hat beschlossen, den Müll abholen zu lassen und diesen Keller nie mehr wieder zu betreten. Die Tränen hat sie längst hinuntergeschluckt, der Blick ist nach vorn gerichtet, denn zurückblicken mag sie heute nicht mehr.

Auch wenn es für Etienne nicht so sein mag, für mich bleibt es verdammt nochmal eine schöne Erinnerung, denkt Marie.

Etienne und Marie. Ab heute wieder nur noch Marie.

Isch da no frei?

Hallo, schön, dich zu sehen. Bist du schon mal mit der Bahn gereist? Sicherlich, wirst du jetzt denken, wer denn nicht? Auch ich benutze regelmässig die öffentlichen Verkehrsmittel und das bestimmt schon seit gut 20 Jahren. Vieles hat sich seit damals verändert. Die Pünktlichkeit der Züge, die Fahrpläne, die Billettpreise, die Kontrolleure, das Sicherheitspersonal (das gab's damals noch nicht oder zumindest nicht in dieser Anzahl), Toiletten mit Schiebetüren und allem voran die Handys. Die gab's in den 90ern auch noch nicht in dieser Hülle und Fülle. Man hat sich über die Jahre hinweg an das Bild gewöhnt, dass sich die Pendler im Zug anschweigen resp. nicht mal mehr wahrnehmen. Ihr Blick ist starr aufs Display gerichtet. Ob Online-Nachrichten, Social-Media-Kanäle oder irgendwelche Unterhaltungsgames, mit diesem kleinen Teufelsding lässt sich gut die Zeit vertreiben.

Nicht selten kommt es vor, dass sich die Leute nicht mal mehr «Grüezi» sagen oder der Höflichkeit halber «Isch da no frei?» fragen.

Auch das, so kommt mir gerade in den Sinn, hat sich sehr verändert. Die Höflichkeit seinen Mitmenschen gegenüber. Das Aufstehen für ältere oder schwangere Mitmenschen, das Begrüssen oder Verabschieden. Was hört man stattdessen? Laute Gespräche ins Handy. Auf Deutsch oder in einer anderen Sprache. Über dies und das und meist über Dinge, die keiner wissen will. Ungeniert werden private Details ins Gerät gebrüllt, geflucht oder lamentiert. Man bekommt's mit, ob man nun will oder nicht. Nervig...

Aber: Wunder gibt es immer wieder, meine Damen und Herren und so sass ich neulich im Zug von Zürich nach Hause und jetzt müender lose:

Ich sass in einem «08/15-sturer-Blick-aufs-Handy-Abteil». Meine drei Mitpendler schienen in anderen Sphären zu schweben. Mein Blick streifte gelangweilt zum gegenüberliegenden Abteil, in das sich gerade vier Menschen setzten. Und was haben die gemacht? Handy raus? Denkste! Sie haben sich einander vorgestellt, mit Handschlag! Ja, irre nicht?! Grüezi, ich bi d'Anna Muster und studiere Soziologie im 3. Semester.

Freut mi, ich bi d' Frau Grueber, bi 84gi und chumme grad vo mim Änkelchind. Ich bi de Christoph Schweizer und schaffe innere Privatbank, sehr erfreut mini Dame. Und der vierte im Bunde, nennen wir ihn Herr Zürcher, war Ingenieur und Vater von drei Mädchen... ich war baff. Das lustige Quartett hat sich dann noch köstlich bis Meilen über dies und das unterhalten und hätte ich die Begrüssung nicht live mitbekommen, ich hätte schwören können, das wären alte Bekannte gewesen. Und so sass ich da, als stummer Zuhörer, als Zaungast bei diesem, doch recht unüblichen Spektakel.

Einerseits muss ich gestehen, geniesse ich die ruhige Zeit im Zug, in der ich meinen Gedanken nachhängen, meine Mitmenschen ein wenig beobachten (oder gar belauschen) kann und mich niemand anspricht. Andererseits gehen einem dadurch viele schöne Bekanntschaften ganz einfach durch die Lappen. Okay, nicht jeder braucht sich ja gerade namentlich vorzustellen und mir einen Schwank aus seinem Leben preiszugeben, aber ein schlichtes «Grüezi, isch da no frei?» wäre doch nicht zu viel verlangt, oder? Und so habe ich mir vorgenommen, beim nächsten Mal meinem Gegenüber ein wenig mehr Aufmerksamkeit zu schenken und wer weiss, vielleicht ergibt sich ja ein ganz nettes Gespräch zwischen zwei Pendlern.

Grüezi, ich bin d'Sandy und schriibe liedeschaftlich gern über alltäglich Sonderbars...

Von Jodlerradios und Sunneski

Hallo, schön, dich zu sehen. Ich war neulich im Schnee draussen, um es genauer zu sagen, ich war seit 20 Jahren wieder einmal auf der Piste. Zugegeben, zuerst hatte ich meine Bedenken. Kann ich das überhaupt noch? Ich kann mich noch allzu gut ans Skifahren in den späten 80ern in der Flumsi erinnern. An die Bauern mit ihren wuscheligen weissen Rauschebärten und den krummen Nielen im Mundwinkel. An ihre kackgrünen Helly-Hansen-Faserpelzjacken und an ihre SKA-Mützen (ja genau, diese blau-rot-weissen Dinger) und an die kleinen Radios neben den Skiliften, die den neusten Jodler-Hit zum Besten gaben – als wäre es gestern erst gewesen!

Ich erinnere mich an die trägen Schlepplifte, die sie einem in die Hände drückten und dass diese immer stillstanden, wenn man im Steilhang stand. Daran, dass einem die Beine langsam einschliefen und die Zehen taub wurden vor Kälte. Das ewige Drücken und Stänkern der Mitmenschen am Lift unten.

Das mühselige Warten, bis jeder seine «Händsche» ausgezogen hatte, um sein Skibillett aus der Jackentasche hervorzukramen (die ganz Coolen hatten das Billett an so einem Ausziehding aus Plastik) und das nicht gerade ausgewogene Zeitverhältnis zwischen Runterfahren und am Lift Anstehen.

Das alles hat mich dann vor gut 20 Jahren schlussendlich dazu bewogen, den Brettern tschüss zu sagen und ihnen den Rücken zu kehren... Aber sag niemals nie und so habe ich mich diesen Winter aufgemacht, um zu sehen, was Skifahren heute bedeutet. Also zuerst einmal, ich stand noch nie auf Carving-Brettern. Ich entstamme der Generation Rossignol bis an die Decke (ja die Bretter, die vorne spitz nach oben zuliefen). Ich war also gespannt...

Der beheizte Achtersessellift war ja der Oberhammer und so rasch und komfortabel im «Hoger» war ich in den 80ern also nie. Die Pisten sind riesig und anstehen musste ich so gut wie gar nicht. Billett rausfischen? Denkste! Der Automat erkennt das durch die Jacke durch. Kurzum – ich war begeistert. Und ich sage dir, Bretter hingelegt, Bindung zu, los ging's… und siehe da, ich konnte es noch. Es ist fast wie Fahrradfahren, einmal gelernt, niemals verlernt.

Und als ich da so die ersten Meter unter meine Bretter nahm, überkam mich auf einmal dieses ganz spezielle Gefühl. Eine Mischung aus Freiheit und purer Freude. Ich sah glitzernde Berghänge und Wienerli mit Pommes (mit Senftütchen) vor meinem geistigen Auge, erinnerte mich an das Gefühl, auf einer sonnendurchfluteten Terrasse Zmittag zu essen und konnte beinahe den Geruch der weissen Pomade auf meinen Lippen und den eines Skiraums in der Nase riechen. Begriffe wie «Stämmbögle» und «de Talfuess belaschte» kamen mir in den Sinn. Und ich lächelte und war einfach glücklich.

Und so, inmitten der Piste, erinnerte ich mich plötzlich daran, dass ich das Skifahren eigentlich immer sehr geliebt habe. An die Fakten des Skifahrens konnte ich mich allzu gut erinnern, aber das Gefühl im Bauch hatte ich über die Jahre hinweg ganz einfach vergessen.

Und was ist nun das Fazit aus meinem Skierlebnis?

Man ist niemals zu alt, etwas Neues zu erlernen oder Altes wieder neu für sich zu entdecken.

Ich für meinen Teil habe ein wundervolles Stück Kindheitserinnerung wiedergefunden und in mein Erwachsenenleben integriert.

Und was wolltest du schon lange einmal machen? Langlauf? Minigolf oder Schach? Kochkurs oder eine Fremdsprache erlernen? Glaube mir, es ist nie zu spät, für gar nichts!

Bleib neugierig mein Freund…

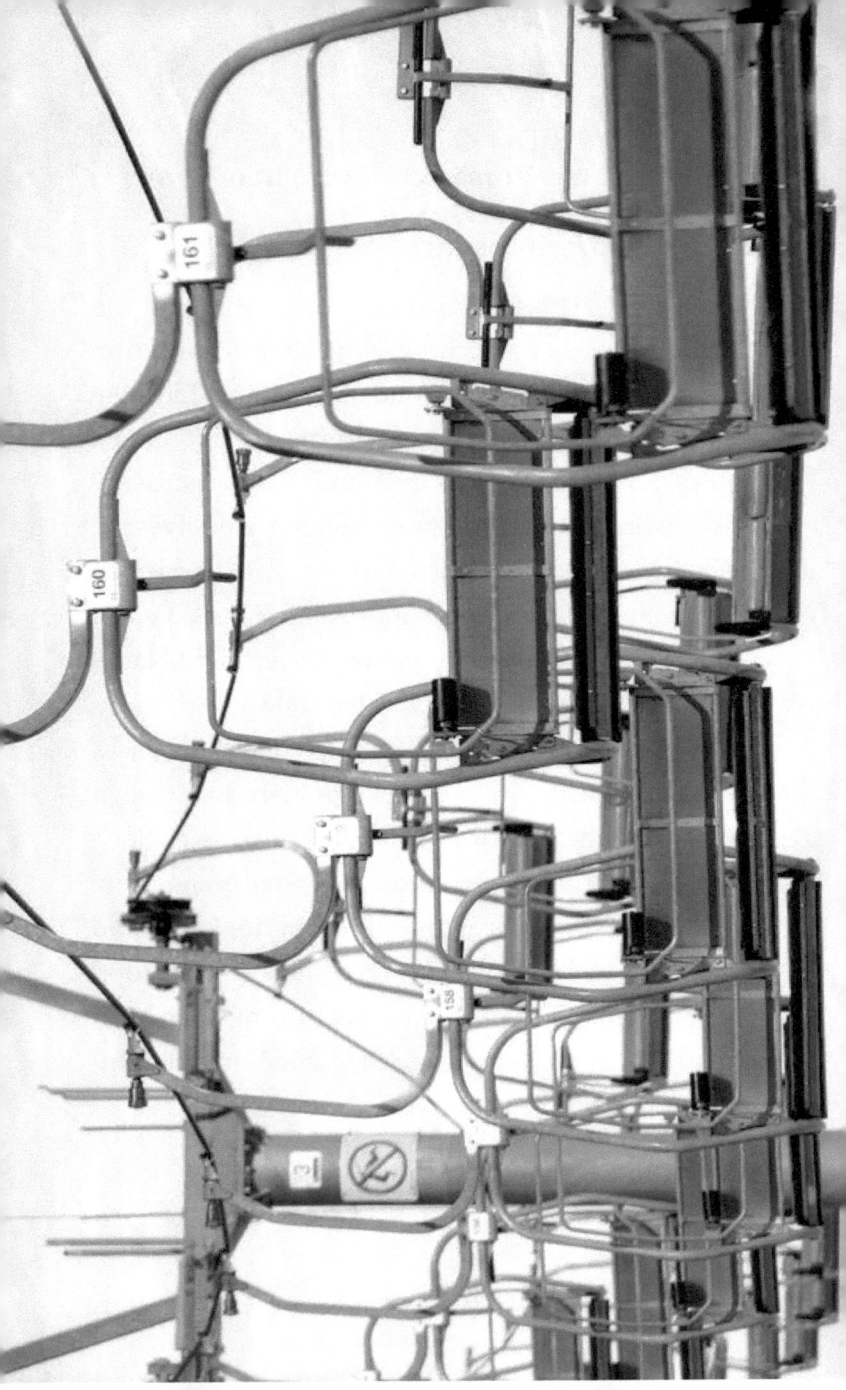

Von guten Vorsätzen & anderen leeren Versprechungen

Hallo, schön, dass du da bist. Ich hoffe, du hattest eine besinnliche Weihnachtszeit und nun einen tollen Silvesterabend mit deinen Liebsten in Aussicht? Wirst um Mitternacht mit einem Glas Sekt oder Rimuss aufs neue Jahr anstossen? Ich werd's tun. Und wie an jedem Silvesterabend, so während des Feuerwerks, werde ich mir ganz still und leise aufs Neue gute Vorsätze machen. Ich weiss, in jedem Klatschheftli kann man es lesen, alle Welt weiss Bescheid. Gute Vorsätze sind für die Katz. Wenn man etwas ändern möchte im Leben, sollte man damit nicht bis zum Jahreswechsel warten. Ich weiss es doch auch. Und dennoch, man fängt von Neuem an, das Blatt ist wieder unbeschrieben, die Leinwand weiss, man drückt sozusagen den Reset-Knopf, geht zurück auf Start. Also warum nicht mit ein paar gut gemeinten (meist leeren) Versprechungen an sich selbst das neue Jahr einläuten?

Schauen wir sie uns doch mal an. Was sind denn so die Klassiker unter den guten Vorsätzen? Abnehmen, mit dem Rauchen aufhören, gesünder essen, früher zu Bett gehen, weniger fernsehen, mehr Sport treiben, mehr sparen … Ach, es gibt unzählige solcher Vorsätze! Aber merkwürdigerweise sind es doch meist Punkte, die das Leben nicht unbedingt interessanter oder lebenswerter machen. Es sind wohl viel eher Anforderungen, die die Gesellschaft an uns stellt und die wir verinnerlicht haben, um das Gefühl zu bekommen, dazuzugehören.

Denn überall kann man lesen, dass Schlanksein attraktiv und erfolgreich macht, dass Rauchen der Gesundheit schadet, gesundes Essen das Leben verlängert, genügend Schlaf beim Abnehmen hilft, man besser wieder einmal einen Schmöker zur Hand nehmen sollte als in die Kiste zu glotzen, Sport ohnehin unabdingbar für den hippen Lifestyle von heute ist und wir sowieso für miese Zeiten und das Alter sparen müssen … so.

Aber seien wir doch mal ehrlich, was haben wir denn gross davon? Ist unser Leben denn so viel besser, wenn wir 5 Kilo weniger auf die

Waage bringen, um 10 bereits in der Pfanne liegen (und dennoch nicht schlafen können), auf unsere Lieblings-Sitcom verzichten, uns mit einer Sportart rumquälen, die wir nicht leiden können, den geliebten Pommes abschwören und bloss noch Stangensellerie knabbern?

Sollten unsere gut gemeinten Vorsätze denn nicht für uns ganz persönlich gut sein? Du willst Beispiele? Aber bitte, gerne...

Mehr Spass im Alltag haben, mehr lachen, sich mit Freunden treffen, die Familie geniessen, im Augenblick leben, Interesse zeigen, aufmerksam sein, sich um seine Mitmenschen kümmern, seine Zeit optimal nutzen, mutig und spontan sein, mehr lieben, tanzen vor Glück, sich weniger ärgern, einander verstehen, einander verzeihen, toleranter sein, Urlaub machen, die Welt sehen, seinen Horizont erweitern, sich was Schönes leisten, Feiern und das Leben ganz einfach geniessen, wann immer es geht? Man weiss nie, wie lange es dauert ...

Plakativ, sagst du? Kann sein, sage ich. Erstrebenswert? Unbedingt!

Und so werde ich auch an diesem 31. auf irgendeiner Terrasse einem Feuerwerk zusehen, meine Liebsten um mich scharen und mir fest vornehmen, an jedem Tag zumindest einigen dieser Vorsätze gerecht zu werden.

Und nur mal so unter uns: Es wird mir nicht jeden Tag gelingen, aber manchmal dafür umso besser. Also Neujahr – auf geht's!

So eine Sauerei!

Saluti. Ich war neulich an einem Ort, an dem es keinen Müll zu geben scheint. An diesem Ort halten Autofahrer an, wenn sie eine achtlos weggeworfene Coladose entdecken. Sie steigen aus und nehmen die Dose mit, um sie anschliessend fachgerecht zu entsorgen. An diesem besagten, ganz speziellen Ort scheinen sich die Menschen um Mutter Erde zu kümmern. Tag für Tag (und nicht bloss an freien Freitagen). An diesem wunderbaren Ort scheint es tatsächlich zu funktionieren. Es beginnt im Kleinen und endet in einem unfassbar Grossen, Ganzen. Ich traute meinen Augen kaum. Ein Fleckchen Erde ganz ohne Müll? Im 21. Jahrhundert? Und weisst du, was das Schlimme daran ist? Dass man sich an diesen Anblick, der eigentlich selbstverständlich sein sollte, erst gewöhnen muss...

Und heute bin ich nun wieder hier. Auch schön. Ich gehe den Bahnsteig entlang und sehe Abfall, Dreck, Müll, Güsel am Boden liegen. Und ich sehe daneben einen fast leeren Abfalleimer stehen. Auch ein ganz spezieller Ort, so scheint es mir, an dem sich kein Schnauz um Mutter Natur zu scheren scheint. An dem man getrost seinen Müll einfach liegen lassen kann, denn in, Momentchen mal, vielleicht 500 Jahren ist auch diese PET-Flasche bestimmt verrottet. Woran mag das bloss liegen? Sich einen Dreck um unser Zuhause zu scheren, ist vermutlich gerade «in» bei unseren Mitmenschen.

Es beginnt im Kleinen und endet im Grossen, schrecklichen Ganzen.

Im Fernsehen sieht man verschmutzte Meere, Tiere, die sich in Plastik verheddern und elendiglich zu Grunde gehen. Man sieht ganze Berge von Müll und schüttelt angewidert den Kopf. Einige wenige haben begonnen, unsere Erde zu säubern. Sie befreien die Tiere, sammeln die Schweinerei ein, beseitigen Schmutz von anderen. Ich habe neulich gerade in der Zeitung gelesen, dass Prominente mit gutem Vorbild vorangehen und mit Normalos zusammen einen «Fötzelitag» gemacht haben. Finde ich super! Aber warum müssen eigentlich wenige den Müll vieler entsorgen? Was muss passieren, damit bei unseren Mitmenschen ein Umdenken stattfindet, eine Sensibilisierung, dass man auch die Erde, die ja immer irgendwie da war, zerstören kann? Langsam, aber stetig ersticken.

Muss man einer Bio-Öko-Bewegung beitreten, die alles offen kauft, um keine Plastiksäcke mehr zu gebrauchen? Muss man überall Müll deponieren, damit man auf dieses Problem aufmerksam gemacht wird (Sie wissen ja: Was zuhause stört, stört auch im Park), oder sind wir alle bereits betriebsblind? Werden die Köpfe denn überhaupt erhoben und die Augen von den kleinen Bildschirmen gelöst, um dies überhaupt zu sehen? Ein Rezept für eine saubere Erde habe auch ich leider nicht im Ärmel parat. Im Kleinen beginnen, um zum grossen Ganzen zu gelangen? Vielleicht.

Also wenn jeder seinen Müll fachgerecht entsorgen, seine Ignoranz, seine Blöd- und Faulheit überwinden würde, würden vielleicht irgendwann einmal mehr Teile der Erde so aussehen, wie dieser ganz spezielle Ort es bereits heute schon tut. An dem die Leute ungläubig ihre Köpfe schütteln, wenn sie von unserem Müllproblem hören, weil sie nicht verstehen können, wie rücksichtslos ein Mensch mit Mutter Natur sein kann.

Ich erwarte nicht von meinen Mitmenschen, dass sie anhalten, wenn sie das nächste Mal eine Coladose oder Ähnliches auf der Strasse sehen oder dass sie von nun an den Müll anderer mitentsorgen (ich tu's auch nicht), aber ich erwarte von jedem, dass er SEINEN GANZ PERSÖNLICHEN SCHEISS auch da hintut, wo er hingehört (hueregopfedamminamal), nämlich in den Abfalleimer.

Denn irgendwann kommt alles zurück.

Der Kissen-Mann

Hallo, schön, dich zu sehen. Ich war neulich wieder mit dem Zug unterwegs und im Abteil neben mir sass ein Herr, Typ Abteilungsleiter ca. Mitte 50. An und für sich nichts Besonderes, bloss hatte dieser besagte Herr beide Arme eingegipst und auf Stützkissen drapiert. Dass er mit seinen Kissen zwei Sitzplätze benötigte, war ja ohnehin klar.

Und als ich diesen Herrn erblickte, kamen mir spontan diverse Fragen in den Sinn... geht der Mann wirklich zur Arbeit? Wie isst er, schläft er, geht er aufs Klo? Und wenn er ins Büro geht, wer hilft ihm bei seinen Tätigkeiten? Denn dass dieser Mann Hilfe benötigte, stand ausser Frage. Seine Sekretärin? Oh Gott, was tut man nicht alles für seinen Chef... dachte ich so bei mir, als ich aus meinen tausend Fragen gerissen wurde.

Ein Bekannter setzte sich zu unserem lädierten Herrn und sie begannen, sich rege zu unterhalten. Ein Wochenendfahrradunfall in den Bergen hatte diese Misere herbeigeführt. Die Ellbogen seien dahin und auch sonst noch so einiges im Argen. Helfen würde ihm seine Frau und heute geht er bloss mal rasch ins Büro, «nach dem Rechten» sehen. Dann erübrigt sich wohl die Ess- und Klofrage.

Und weisst du was? Der Mann hat tatsächlich gelacht.

Er könne ja froh sein, dass er nicht auch noch seine Beine gebrochen habe, geschweige denn sein Genick. Der Ausflug sei eigentlich ganz fantastisch gewesen, bloss das kleine Loch am Wegrand im Schatten ganz zum Schluss hätte es nicht gebraucht. Der Aufenthalt im Krankenhaus war durchaus angenehm, gutes Essen, nette Krankenschwestern, sein Zimmergenosse (der übrigens einen Beinbruch hatte) war sehr amüsant, unterm Strich eigentlich eine gute Erfahrung…

ICH WAR BAFF.

Beide Arme im Gips und dennoch ein breites Lächeln im Gesicht. Diesem Herrn konnte wirklich nichts, aber auch gar nichts die gute Laune verderben.

Alles eine Frage der Einstellung, denke ich so bei mir im Stillen. Zu sich selbst, seinen Mitmenschen, zum Leben eben.

Es gibt Menschen, für die ist das Glas immer halb leer. Alle sind schuld an ihrem Elend, alle sind gemein, an vorderster Front das Leben selbst. Ihnen tut alles weh, sie haben keine Ideen, was sie mit sich oder anderen anstellen könnten – kurz, das Leben ist doof.

Und dann gibt es eben diese Menschen. Menschen, die beide Arme im Gips haben und sich über das gute Essen im Krankenhaus freuen. Menschen, für die das Glas immer halb voll ist und die auch aus noch so verkorksten Situationen das Beste machen.

Ich bin wahrlich nicht der «Halb-leer-Typ», aber auch nicht der, der mit gebrochenen Armen dem Leben seinen Dank für diese Herausforderung entgegenschreit. Ich bin wohl irgendwo dazwischen, tendenziell aber eher halb voll.

Welcher Typ bist du? Bist du der Typ, der am frühen Morgen am liebsten bereits die zwitschernden Vögel vom Baum schiessen würde? Der seine Wehwehchen und privaten Kleinkriege jeder Zufallsbekanntschaft unter die Nase reibt, der Veränderungen im Leben nur widerwillig entgegentritt? Oder bist du vielmehr der Typ, der auch in den schlimmsten Situationen ein Licht im Dunkeln sieht? Der seine Mitmenschen nimmt, wie sie halt eben sind und auch Situationen akzeptieren kann, die ihm vielleicht nicht schmecken? Sag jetzt, welcher Typ bist du? Und welcher Typ möchtest du sein?

Ernsthaft, wären wir alle ein bisschen mehr «Kissen-Mann», wäre die Welt ein wenig bunter und wir alle ein bisschen netter zueinander. Denn das Leben ist nicht gemein zu uns. Es ist bloss erfinderisch und hält uns stets mit spannenden Herausforderungen auf Trab – tschäggsch dä Pögg?

De Gschiider git naa...

Hallo und herzlich willkommen. Ja, hallo auch Sie, netter Herr unbekannt, nennen wir Sie mal ganz einfach Fredy, der die Verkehrsregeln nicht zu kennen scheint oder im Irrglauben lebt, bloss weil er im Besitz eines grossen Autos mit Hufeisen am Kühlergrill ist, immer (ja, IMMER) Vortritt zu haben.

Doch von vorne. Was ist geschehen?

Samstagabend, ich war mit dem Auto unterwegs zu Freunden. Eine Gemeinde am See, wenig Verkehr, viele parkierte Autos, man kennt es.

Nun, wer den Führerschein in der Schweiz gemacht hat, der weiss, dass die gültigen Verkehrsregeln besagen, dass, wenn das Hindernis auf der rechten Fahrbahnseite steht, der Gegenverkehr Vortritt hat. So, und nun zu dir, lieber Fredy. Das Hindernis war auf DEINER Seite. Und was tatest du? Du bist rücksichtlos an den parkierten Autos vorbeigerauscht und bist dann auf meiner Fahrspur ganz einfach vor meinem Wagen stehen geblieben. Ende Gelände. Okay, dachte ich mir zu Beginn, kann ja mal passieren. War bestimmt keine böse Absicht, war vielleicht in Gedanken oder so. Aber dann hätte ich schon erwartet, lieber Fredy, dass du deine olle Karre zurücksetzt und mir meinen Vortritt gewährst, alternativ in die Nische zwischen den parkierten Autos zu deiner Rechten ausscherst, sodass ich mit meinem Autöli an dir vorbeikönnte.

Aber was tatest Du? Nichts. Rein gar nichts. Und so standen wir uns nun in Stille und Scheinwerferlicht gegenüber («High Noon» lässt grüssen). Als schliesslich mein Begleiter genervt ausstieg, um dich auf die Verkehrsregeln anzusprechen und dich zu bitten, den Weg freizumachen, war deine lapidare Antwort bloss: Es sei eine 30er Zone und du würdest hier wohnen. Hä? Aso Äxgüsi König Fredy, habe nicht gewusst, dass dir diese Strasse gehört. Säg emal, tiggts no?!

Und nach diesen äusserst bedenklichen Aussagen deinerseits habe ich beschlossen, auf meinen Vortritt zu verzichten und diesem traurigen Intermezzo ein Ende zu bereiten. Denn ich hatte weder die Zeit noch die Lust dazu, dies mit dir an einem Samstagabend auszusitzen. De Gschii-der git naa...

Und nun frage ich dich, lieber Leser.

Warum werden an und für sich ganz nette Menschen zu total egoistischen Monstern, sobald sie in ihre Vorstadtpanzer eingestiegen sind? Warum herrscht auf unseren Strassen das Recht des Stärkeren? Warum entladen viele unserer Mitmenschen ihren ganzen Ärger, die Frustration ihres zermürbenden Alltags im Strassenverkehr?

Ja, auch ich komme nicht ganz drum rum, töibele ab und zu im Auto und verfluche meine Mitmenschen. Sei es nun das 90-jährige Gröseli, das mit 40 in der 60er-Zone kriecht, der Käppi-Junge mit seiner frisierten Sportkarre und lauter Musik, oder eben der bornierte Rentner in seinem SUV, der mal eben seinem Chauvinismus frönen tut.

Aber noch einmal zu dir, lieber Fredy. Denn ich könnte mir durchaus vorstellen, dass auch du in anderen Situationen womöglich ein ganz glatter Zeitgenosse bist. Einer, der gerne mit Freunden zusammen isst, es vielleicht sogar liebt, diese auch zu bewirten? Bist bestimmt in einem Kegel-, Theater- oder Sportverein, guter Kumpel, liebender Ehemann und stolzer Vater? Hast ganz sicher tolle Geschichten und Anekdoten von früher auf Lager, bist einem Schwatz nicht abgeneigt?

Was auch immer dich an diesem besagten Samstag geritten oder gekniffen hat, wir werdens nie erfahren. Vielleicht war ganz einfach nicht dein Tag und ich dein verdammtes Ventil.

Und so wünsche ich dir, lieber Fredy, von Herzen ein bisschen mehr Miteinander als Gegeneinander.

Im Strassenverkehr, ach, im Leben ganz allgemein.

Von roter Unterwäsche, Austern und Ruten klopfen

Grüezi und schön, dich zu sehen. Das Jahr flog nur so an uns vorbei, auch Weihnachten ist bereits wieder Geschichte und in ein paar Tagen steht schon Silvester (Stallone) vor der Türe ... Wir hier in der Schweiz feiern den Jahreswechsel oftmals mit Fondue Chinoise oder Raclette, mit viel Feuerwerk, Bleigiessen und Tischbomben. Altbekannte Rituale, jeder kennt und (die meisten unter uns, mal abgesehen von unseren Haustieren) liebt sie auch. Gute Vorsätze inbegriffen. Wie aber begrüssen unsere lieben Nachbarn das neue Jahr?

Fragt man mal rasch bei Tante Google nach, wird man schnell fündig ... Die Deutschen und die Österreicher feiern das Neujahr ganz ähnlich wie wir hier. Auch da wird gut gegessen und Feuerwerk in den Himmel gepfeffert. Bei unseren Nachbarn, den Franzosen, gibt's zur «Bonne Année» traditionell Stopfleber und Austern auf den Teller, dazu wird edel Champagner geschlürft. Die Italiener essen (natürlich mit der ganzen Familie) vielerorts um Mittenacht traditionell Linsen, die durch ihre Form für einen Geldsegen stehen sollen. Ein weiterer, meiner Meinung nach schöner, wenn auch sehr spezieller Brauch, ist das Tragen von roter Unterwäsche. Wer an Silvester «drunter» knallrot trägt, wird gemäss Brauch im neuen Jahr mit Glück, Gesundheit und Liebe gesegnet, aber Obacht, bloss wenn man das Teil geschenkt bekommen hat … Früher zelebrierten dies bloss die Damen, in Zeiten der Gleichberechtigung ziehen die Männer aber mit. Weiter im Osten, in Tschechien, gibt es ebenfalls allerlei Neujahrsbräuche. Wer's traditionell mag, der liest vom Bütschgi eines halbierten Apfels das eigene Schicksal ab und auch hier gibt's Linsensuppe um Mitternacht. Wohl bekomms!

In Bulgarien klopfen die Kinder mit geschmückten Ruten ihren Nachbarn auf den Rücken, dies soll ebenfalls – wie könnt's auch anders sein – Glück bringen. Den Kleinen bringt es auf jeden Fall etwas, nämlich Süsses oder gar ein paar Münzen. Im fernen Russland feiert man das neue Jahr erst am 13. Januar. Dann aber zünftig und mit vielen Geschenken. Bei den sogenannten

Jolka-Festen wird gegessen, gelacht und das neue Jahr begrüsst.

Im noch ferneren China werden in Teilen des Landes zu Neujahr Mandarinen ins Meer geworfen. Warum? Man erhofft sich dadurch (warum auch immer) Glück in der Liebe. In Amerika feiert man wiederum ganz ähnlich wie bei uns. Das Feuerwerk in New York ist wohl legendär, aber auch hier gibt es neben Linsensuppe und wilden Partys auch einen etwas spezielleren Brauch und dieser wird «Nothing goes out» genannt. Hier gilt, dass an Silvester nichts das Haus verlassen darf – gar nichts, also nicht mal der volle Güselsack, der muss bis Neujahr in der Küche weiterstinken. Wer sich nicht an diesen Brauch hält, dem widerfährt im neuen Jahr Pech und Unglück auf der ganzen Linie.

Und so geht wieder ein Jahr zu Ende und auf der ganzen Welt wird das neue Jahr freudig und hoffnungsvoll erwartet. Man lässt die Gläser klirren und egal, wo man sich auf der Welt gerade befindet, eigentlich hoffen doch alle irgendwie auf dasselbe. Auf Gesundheit und Glück, gute Arbeit und Geldsegen. Auf die Erfüllung des einen oder anderen Traums, auf Sicherheit und Frieden.

Und so werde auch ich um Mittenacht auf ein neues Jahr anstossen. Neues Jahr, neues Glück. Für dich und deine Liebsten, für mich und die meinen. Für alle da draussen ... machs guet!

Free Hugs

Grüezi und schön, dass du da bist. Neulich hat mich eine Kollegin (Mitte 30, Dauersingle) gefragt, ob der Wunsch abnorm wäre, von einem anderen Menschen umarmt werden zu wollen, oder einen anderen Menschen zu umarmen. Nach meiner vehementen Verneinung, dies sei doch in keiner Weise abnorm, schien sie ein wenig beruhigt, keinesfalls jedoch befriedigt zu sein und wirkte dabei irgendwie total verloren in dieser Welt...

Und ich?

Mich liess diese simple Frage für den Rest des Tages nicht mehr los... Wir bewegen uns in einer (vermeintlich) offenen Gesellschaft. Täglich wird über Sexualität berichtet, die intimsten Einzelheiten unserer Mitmenschen werden breitgetreten und zu Tode diskutiert, aber bei normalen körperlichen Berührungen (nicht sexuell motivierten, im Fall), tun wir uns gänzlich schwer. Wir befinden uns in einem Zwiespalt.

Neulich hat mir ein junger Vater berichtet, er achte penibel darauf, nicht mit seiner Tochter und einem weiblichen Gspändli allein zu sein, damit im Vorfeld kein «Verdacht» schrecklicher Machenschaften auf ihn fallen könne. Uiii nei, dachte ich, wie schlimm. Darf ein Vater seine Tochter heutzutage nicht mehr umarmen oder ihr einen Kuss aufdrücken, ohne dass wir alle das absolut Schlimmste befürchten?

Bitte versteh mich nicht falsch. Solche Dinge passieren und sie sind mitunter das Schlimmste, was passieren kann, aber nicht in ein Auto zu steigen, bloss weil ein Unfall passieren KÖNN-TE?

Wir leben in einer Gesellschaft, die tagtäglich «sexuelle Belästigung» schreit, wo doch manch-mal bloss eine lieb gemeinte Berührung ist…

Wir haben vor lauter Sex! Sex! Sex! Angst, unsere Mitmenschen zu berühren und Berüh-rungen unserer Mitmenschen zu differenzieren, zu geniessen und zu akzeptieren als das, was sie sind. Eine Geste der Menschlichkeit. Vielen Dank auch.

«Free Hugs» – kostenlose Umarmung, stand neulich auf einem Schild, welches einer älteren Frau gehörte, und ich habe sie ganz spontan umarmt. Und weisst du was? Es hat ganz einfach gutgetan und uns beiden einen Augenblick der Menschlichkeit beschert und uns ein Lächeln ins Gesicht gezaubert!

Dass es aber überhaupt ein Bedürfnis unserer Gesellschaft ist, einen wildfremden Menschen zu umarmen, weil es aus dem engeren Bekanntenkreis keiner mehr macht, ist irgendwie auch selbstredend.

Nun kommt die dunkle Jahreszeit, mein Freund. Denk daran, dass einige Mitmenschen einsam sind und ihnen diese Dunkelheit aufs Gemüt schlagen könnte. Denk daran, dass eine Umarmung, oder auch bloss ein Händedruck, mehr bewirken kann als tausend gut gemeinte Likes unter ein Bild auf irgendeiner anonymen Plattform.

Dies soll ein Aufruf sein, deine Familie, Freunde, Kollegen und Bekannten, sprich deine Liebsten (oder der Mitmensch, der es am allernötigsten hat) ganz einfach mal wieder zu herzen.

Sie in die Arme zu schliessen und mittels Körpersprache zu zeigen, was sie dir bedeuten. Das braucht Überwindung, das braucht Mut, aber den hast du. Oder meinst du nicht auch? Glaube mir.

Denn ein Mensch, der nicht berührt wird, geht ein wie eine Pflanze ohne Wasser. Stumpft ab und stirbt innerlich irgendwann. Und das ist schade.

Free Hugs. Eine lieb gemeinte Geste also, aber auch ein Appell an unsere Gesellschaft, ein Lichtblick, eine Kehrtwendung, ein Hilferuf, ein Rettungsanker...

We Blätter gheie

Und jetzt sitzen ig hier i dere chliine Chuchi und starre di bunti Tapete mit de gälbe Blüemli a. Verrusse hudlets und d'Blätter gheied i Garte.

Immer wieder chliini Tod, u das zmitzt im Läbe.

Mängsmal isch es eifach Ziit zum verdwache, hät de Benno hinich gseit. Zum d'Ouge ufmache und de Gring chräftig schüttle. Mängsmal isch es eifach Ziit, um nüm länger a Autem fescht z'hebe, wills eifach immer so gsii isch, sondern um muetig am Fremde entgäge z'träte.

Du seisch das gäng eso ring, hani dem Schnudderi de gseit, aber für mich im Stiue, hani am Bueb müesse Recht gäh.

Wenn öppis nüm stimmt, denn muemer gäng öppis ungernäh. Das isch scho immer eso gsi. Ou wäs weh tuet.

Wenn zwoi Puzzle-Teili zwar inenang ie göi, aber si käs harmonischs Biud meh tüe ergäh zämä, denn muämer sie löse, hät au s'Käthi gmeint und mi ganz fest drückt debii.

Mueti, Du muäsch gäng nume ehrlich sii, z'allererst mit Dir säuber...

Dihr säged das auä äso ring, hani denn gseit und e Träne verdruckt.

U jetzt sitzeni hier i dere blöde chliine Chuchi, luege di blöde Blüemli a u knete mini Häng willi nüt zum hebe han und Träne loufed mer gäng no d'Bagge durab.

Sich vo Autem löse isch nie ring, ehrlich si mit sich säuber o nid.

Wi tusig chliini Tod, u das zmitzt im Läbe.

Aber s'Läbe geit gäng wiiter, das seit au d'Rosmarie auä, chlopft chräftig i d'Häng, grad so dass es stübt und knätet de Zopfteig namal düre... Lueg vüre und mach s'Bescht drus, ou wenns grad no so dunkel isch hinich, es wird gäng wieder häu...

Daddy cool

Hallo und schön, dass du vorbeischaust. Heute möchte ich dir mal von einem Erlebnis berichten, das ich damals, als ich in einer Drogerie arbeitete, gehabt habe. Wer im Verkauf arbeitet, der weiss, dass die Klientel an Samstagen anders ist. Meist sind dann die Väter mit ihren Zwergen unterwegs, haben oftmals mehr Zeit und Ruhe und auch mehr Lust auf Pöschtele als unter der Woche die Mütter.

An diesem besagten Samstag war ein Vater, so Mitte vierzig, mit seinem Meiteli bei uns im Laden. Er, gefühlte 2 Meter gross, das Meiteli ca. 4 Jahre alt und Obacht, jetzt kommt's.

Beim Haarspängeli-Ständer blieb das Meiteli stehen und blickte immer wieder diese einen Spängeli mit den bunten Blümchen drauf an. Das Objekt der Begierde. Der Vater bemerkte es und ging in die Knie (was an und für sich bei seiner Grösse bereits rührend war mit anzusehen). Was anschliessend kam, habe ich in meiner jahrelangen Drogeriezeit nie wieder erlebt.

Der Vater sagte zu seiner Kleinen: «Gfalled dir die Spängeli?», das Mädchen nickte eifrig. «Also Spätzli, dänn tümmer jetzt dini Batzeli zelle», und das Mädchen holte sein Portemonnaie mit der Minnie Mouse drauf aus seiner Jackentasche. «1, 2, 3 –du häsch 3.80. Die Spängeli choschted aber 4.20. Dir fähled 40 Rappe…» Betretender Blick des Vaters. «Houuuu», machte die Kleine ganz verzweifelt und man sah, die Not war riesengross.

Wissen Sie was? Ich hätte sie dem Meiteli am liebsten geschenkt, aber es kam besser…

Der Vater blickte seine Kleine an und sagte nach einem Weilchen: «Du bisch soones liebs Meiteli gsi di ganz Wuche, ich schänke dir die fählende 40 Rappe, isch das guet?» Für die Kleine ging ein Herzenswunsch in Erfüllung, sie fiel ihrem grossen Papi um den Hals und, lach nicht, uns Drogistinnen kamen beinahe die Tränchen. Er war ihr Held (und unserer übrigens auch).

Hier und heute und für alle Ewigkeit.

Daddy Cool.

Ja, damals war das so, und weswegen blieb mir dieses Erlebnis so im Gedächtnis? Weil es, wie gesagt, einzigartig war. Unzählige Male habe ich gesehen, wie achtlos Dinge in die Einkaufswagen gepfeffert wurden, die die Kleinen heranschleppten. Ohne weiteres wurden diese Dinge gekauft, aber ohne ihnen den nötigen Wert beizumessen und den Kleinen diesen auch zu vermitteln.

Für dieses kleine Mädchen hingegen waren diese Spängeli ein Schatz, den es, zusammen mit Vaters Hilfe, erworben hatte. Das selige Lächeln auf seinem Gesicht und das Händchen, das voller Stolz die Spängeli hielt, beim Verlassen des Ladens, werde ich wohl niemals vergessen.

Und nun frage ich dich, lieber Leser – welchen Wert hat denn die Welt, wenn wir den Kindern diesen nicht mehr vermitteln? Wenn alles gratis vom Himmel fällt und Geld irgendwie immer da war? Wenn alles en passant erreichbar ist und man sich nichts mehr erarbeiten oder ersparen muss? Wir leben in einer Welt voll Überschuss und haben verlernt, den Wert einzelner Dinge zu respektieren. Auch dieser besagte Vater hätte die Spängeli achtlos in den Einkaufswagen legen können, hätte sie der Kleinen nebenbei gegeben und gut wäre es gewesen. Aber mit seinem überlegten Handeln, seiner liebevollen Geste hat er diesen ollen Spängeli besagten Wert gegeben und der ganzen Szenerie Gewicht.

Und so nehme auch ich mich wieder einmal an der Nase und versuche, allem seinen Wert beizumessen und nichts für selbstverständlich zu erachten. Denn auch ich mag mich an Spängeli aus meiner Kindheit erinnern, mit Sonnenblumen und rosa Elefanten.

Die Spängeli gibt's schon lange nicht mehr, aber die Erinnerung daran, die bleibt.

Sommer17

Hoi und Grüezi, schön, dass wir uns hier treffen. Ich wollte neulich ein Buch übers Netz bestellen. Ganz bequem in Liegeposition vom Sofa aus. Die Bestellung lief eigentlich ziemlich reibungslos ab, bis ich an die Stelle kam, bei der Login stand. «Bitte geben Sie Ihren Benutzernamen sowie Ihr Passwort ein.» Benutzername war schnell geschrieben, aber Passwort? Alle möglichen (und unmöglichen) Wörter habe ich eingegeben, keines wurde akzeptiert.

Mittlerweile sass ich bereits aufrecht, ich war genervt. Vorbei war das ganz entspannte Bestellen vom bequemen Sofa aus, der Puls ging beim 5. Mal «Benutzername oder Passwort falsch, bitte versuchen Sie es erneut» rasant in die Höhe und ich stand bereits mit rotem Kopf mitten im Raum, aber hallo mein Freund.

Ja, ich bekenne mich schuldig, ich hatte dieses doofe Passwort doch tatsächlich vergessen. Basta. Was also blieb mir übrig? Als Gast bestellen?! Gibt's hier nicht. Sch...– schade! Passwort

zurücksetzen lassen und sich ein neues aus-
denken, welches ich dann beim nächsten Mal
ebenfalls wieder vergessen habe? Okay, muss
dann ja wohl so sein. Aber ich schreibe es mir
dieses Mal ganz bestimmt auf, irgendwo, wo ich
dann beim nächsten Mal vergessen habe, wo.

Und weisst du was? Das passiert nicht bloss,
wenn ich Bücher bestelle. Auch Bahnbillette,
Flugtickets oder Sparkarten in Möbelhäusern –
alles und jeder will und braucht heutzutage ein
Passwort, um ans Ziel zu gelangen. Ich halt's im
Kopf nicht aus...

Vor einiger Zeit sah ich eine Sendung im
Fernsehen über genau dieses leidige Thema,
Passwörter. Man kennt ja mittlerweile die gängi-
gen Regeln. Geben Sie niemals ein Passwort ein,
das man mit Ihnen in Verbindung bringen könnte. Also keine Familien- oder Haustiernamen
oder gar Geburtsdaten. Am besten eines, dass
nichts, aber auch REIN GAR NICHTS mit Ihnen
zu tun hat. Sandy: Check. Und verwenden Sie
auf keinen Fall ein solch einfaches Passwort wie
«Sommer17». Sandy: Was??!!!! Ich machte beinahe den doppelten Rittberger vom Sofa. Das war

genau mein Passwort! Absolut keinen Bezug zu mir, kein Haustier- oder sonstiger Name, kein Geburtsdatum etc. – und dann das. «Sommer17». Ich war in meinen Grundfesten erschüttert…

Mittlerweile ist einige Zeit vergangen und ich habe gefühlte 1000 neue Passwörter erfinden müssen. Neu braucht es ja aus sicherheitstechnischen Gründen immer mindestens einen Grossbuchstaben, eine Zahl und ein Sonderzeichen drin – dient der höheren Sicherheit, erhöht aber auch enorm die Vergesslichkeitsrate, wenn Sie mich fragen.

Also muss man sich dieses unmögliche Zahlen- und Buchstabengebilde irgendwo notieren, am besten an einem streng geheimen Ort – Safety first – den man dann auch wiederum vergessen kann. Ja, die heutige Technik erleichtert einem enorm den Alltag, nicht immer, aber immer öfter. Kommt dir das irgendwie bekannt vor? Oder gehörst du tatsächlich zu der Minderheit, die immer weiss, welches Gebilde sie sich als Passwort ausgedacht hat und welches zu welcher Seite gehört? Oder schreibst du es ebenfalls auf Fresszettel und versteckst diese anschliessend in

Ordnern, klebst sie unter die PC- Tastatur, unter den Tisch, legst sie in eine alte Dose oder schliesst sie gar in den Tresor ein? Und so versuche ich, wann immer irgendwie möglich, als Gast zu bestellen oder im Geschäft direkt einzukaufen. Irgendwo und irgendwie, wo ich kein verfluchtes Passwort eingeben muss in der Hoffnung, per Zufall mal das richtige getüpft zu haben.

Aber zurück zu meiner Buchbestellung. Ich war bereits am Punkt angelangt, die ganze Bestellung abzubrechen und das Ding im Laden, von Mensch zu Mensch, zu bestellen. Einfach so, um mich dieser Aufgabe zu entziehen, um ihr ein Schnippchen zu schlagen.

Aber schlussendlich habe ich mich dann doch der Technik und ihren erhöhten Anforderungen gebeugt, das Passwort zurücksetzen lassen, mir ein neues, unmögliches Gebilde ausgedacht, es an einem streng geheimen Ort notiert (den ich sicherlich niemals wieder finden werde) und die Bestellung abgeschickt. Der Puls ging wieder normal und ich freute mich auf mein Buch.

Und weisst du was? Irgendwann werde ich irgendwo einen Fresszettel finden mit einer unmöglichen Buchstaben-Zahlen-Kombi, von der ich nicht mehr weiss, wofür ich sie mir ausgedacht habe, werde den Zettel in klitzekleine Schnipsel zerreissen und entsorgen.

Passwort zurücksetzen bitte.

Wechsel der Blickrichtung

Hallo, schön, dass du da bist. Ich bin ja nicht bloss Schreiberling, nein, ich arbeite auch als Visagistin, also Schminköse und befasse mich sozusagen berufsbedingt viel mit Äusserlichkeiten.

Neulich habe ich eine meiner Kundinnen gleich zu Anfang gefragt, was ihr denn an ihr besonders gut gefalle (im Hinblick darauf, dies besonders hervorzuheben). Auf ein spontanes Lachen folgte betretenes Schweigen und dann die Ansage, die ich von zig Frauen tagtäglich zu hören bekomme. «Aso, ich chönnt Ihne 100 Sache säge, woni nöd mag, aber was i mag? Da hamer no nie würkli Gedanke drüber gmacht...» Und wieder einmal frage ich mich, wohin uns unsere Grundeinstellungen zu unserem Körper, zu unserem Leben ganz allgemein mal führen wird.

Schaut man sich mal auf der Strasse um, sieht man viele junge Frauen und Männer, die dem Ideal nacheifern, welches uns durch Social-Media und Werbung ganz allgemein jeden Tag vor den Latz geknallt wird. Ein Ideal, welches durch unzählige Filter dermassen verschleiert und beschönigt wurde, dass es schlicht und ergreifend unrealistisch geworden ist. Die meisten wissen dies ja auch, aber dennoch… Man möchte die schlanke Taille, den Knackpo, den grossen Busen, die Stupsnase, die endlos langen Beine, den braunen Teint, die blonde Wallemähne, die grossen Muckis und, und, und. Und was hat man vom lieben Herrngott bekommen? Den kleinen Bauchansatz, den grossen Hintern, den platten Busen, die Hakennase, die Stummelbeine, die dicken Schenkelchen mit Hagelschaden, die in der Sommerhitze aneinander reiben, die kuhbraunen langweiligen Haare, die platt vom Kopf hängen…Idealbild? Weit gefehlt!

Und so reiben wir uns auf und versuchen einem Ideal zu entsprechen, welches wir nun mal nicht sind. Wir geben all diesen Körperteilen, die wir an uns nicht mögen, so dermassen viel Aufmerksamkeit, dass wir darob all das Schöne vergessen. Doof, nicht wahr? Denn eines habe ich in all den Jahren gelernt: Schönheit ist alters- und konfektionslos.

Ich habe die schönsten Models geschminkt, die keinerlei Ausstrahlung und Leben in ihren grossen, mit falschen Wimpern beklebten Augen hatten. Und ich habe die ältesten, verschrumpelten Frauen angetroffen, deren Augen beim Lachen funkelten wie tausend Sterne. Also frage ich dich, was ist nun wirklich schön?

Aber, mein lieber Leser, dies soll ja nun keine Moralpredigt werden. Auch ich eifere verschiedenen Schönheitsidealen nach und muss mich ab und an wieder selbst an der Nase nehmen. Dann sind die Beinchen halt ein bisschen dicker, aber sie sind gut und haben mich schon weit getragen im Leben. Dann sind die Arme halt ein wenig stämmiger, aber ich kann ganz toll schwere Dinge damit heben. Super, nicht? Und die Haare, ach, vergiss die ollen Haare! Und weisst du was? Ich mag meine Hände, meine Füsse und mein Gesicht ganz allgemein und auch das kleine Bäuchlein dazwischen ist nicht weiter tragisch. Die Sonne geht morgen trotzdem auf.

Und meine Kundin? Nach dem betretenen Schweigen haben wir dann gemeinsam viele tolle Dinge an ihr entdeckt. Die tiefblauen Augen mit den langen Wimpern wurden auf einmal als ganz schön empfunden, die Lippen als ziemlich sinnlich und sogar die Ohren wurden als ganz hinnehmbar akzeptiert. So ging das weiter und im Minutentakt hat sich der Blickwinkel dieser Dame verschoben und all die kleinen grossen, tollen Dinge sind in den Fokus gerutscht und haben die Dinge, die «Luft nach oben haben», in den Hintergrund verwiesen. Was blieb zurück? Eine strahlend schöne Frau im besten Alter, die in diesem Augenblick mit sich und ihrem alles andere als von der Gesellschaft definierten, perfekten Körper im Reinen war und genau dies ausstrahlte.

Und ich denke so bei mir: So sollte das Leben doch ganz allgemein sein, oder meinst du nicht? Aus dem, was man bekommen hat, das Beste machen und den tollen Dingen mehr Beachtung schenken. Sei es nun unser Körper, unsere Arbeit, unsere Beziehungen, unser Leben ganz allgemein. Denn wer ein bisschen mehr Zufriedenheit ausstrahlt, bekommt auch ein Strahlen zurück. Und so versuche auch ich mit mir, meinen Mitmenschen und dem Leben ganz allgemein ins Reine zu kommen. Veränderte Situationen hinzunehmen und flexibel zu bleiben, andere Menschen nicht voreilig für Handlungen oder Äusserlichkeiten zu verurteilen, denn diese haben meist triftige Gründe dafür.

Denn wie sagte Antoine de Saint-Exupéry so schön:

Um klar zu sehen, reicht oft ein Wechsel der Blickrichtung.

Sirenen in der Nacht

Hallo, schön dich zu sehen. Ich war gestern Abend mit dem Auto in der Stadt unterwegs und habe mich wieder einmal tierisch genervt. Warum? Also... wegen den vielen Baustellen, wegen den vielen roten Ampeln, wegen den Mitautomobilisten, die es nicht fertig bringen, bei Grün auch umgehend loszufahren... und natürlich wegen den lieben Velölern, die selbstverständlich alle schwarz gekleidet und ohne Licht und ohne Regeln und ohne jeglichen Verstand im Dunkeln über die Strassen kurven... mehr Beispiele oder alles klar? Eben. Und da sass ich also mit Antonella-Isabella (Brümm-Brümm) und Navi Kurt und habe mich lauthals und zugegeben, nicht gerade ladylike, zu meiner Umwelt geäussert...

Und als ich da so fluchend sass und wünschte, Beamen wäre Standard, erklangen Sirenen weit hinter mir. Wer das schon mal erlebt hat, der weiss nun was kommt. Genau. Alle wartenden Autos drehten nach rechts aussen, um eine

Gasse zu bilden... ALLE. Der angegraute Porschefahrer ganz vorne, der Mini Cooper- Hippster mit Handy am Ohr, die Grossfamilien-Mutti im Skoda, ich im roten Fiat – ALLE. Und wenn auch sonst nichts wirklich reibungslos läuft auf den Strassen dieser Stadt, hier scheint es doch zu funktionieren. Alle für einen.

Die Sirenen kamen näher, der Krankenwagen wurde sichtbar und sauste im Schnuuz an uns vorbei. Und ich? Ich staunte und schluckte und verstummte... denn ich kann es schlecht beschreiben, dieses Gefühl, das Krankenwagen-Sirenen in mir auslösen. Sagen wir's mal so. Ich könnte losheulen, auf der Stelle und sturzbachartig. Warum? Das weiss ich selbst nicht so genau. Vielleicht, weil es einem wieder in diesem einen Moment auf den Boden zurückholt. Den Boden der Tatsachen. Wo es scheissegal ist, dass der Penner vorne schläft bei Grün, der Velofahrer dir den Finger zeigt und die Fussgänger ohne zu Gucken auf die Strasse rennen. EGAL. Da drin liegt ein Mensch und der kämpft gerade den Kampf seines Lebens, den um sein Leben. Jede Minute zählt und alles andere rückt zurück auf seinen Platz, in den Hintergrund, wird zur Nebensächlichkeit.

Dieser Gedanke lässt mir das Wasser in die Augen schiessen und ich blinzle es hastig weg. Die Gasse schliesst sich und die Autos fahren weiter. Alles geht seinen gewohnten Gang und jeder schaut wieder nur für sich.

Ich jedoch war in Gedanken. Ich hoffte und schickte ein Stossgebet gen Himmel, dass derjenige da drin das packt. Egal was er ist, wer er ist und was er hat.

Und ich war dankbar, dass nicht ich oder jemand den ich kenne da drin lag. Wir bauen alle auf Sand, auf Glas. Eine Welle, ein Schlag und aus die Maus. Und so nahm ich mir ein weiteres Mal vor, weniger zu fluchen und mich nicht so sehr über Kleinigkeiten des Alltags aufzuregen. Mich zu erfreuen an den Dingen, die ich habe und erleben darf.

Ich gab Gas und fuhr in Richtung Zuhause. Verliess die Stadt, den Trubel, die Lichter, die Menschen. Mitnehmen tat ich aber das Gefühl in mir. Eine Mischung aus Ehrfurcht, Dankbarkeit,

Freude und Hoffnung. Und ich sage dir mein Freund: Geniesse jeden Augenblick deines Lebens, denn es könnte schon im nächsten Atemzug dein Letzter gewesen sein.

Irgendetwas bleibt

Und nun, da ich das letzte Kapitel gelesen habe und mir diese vier unausweichlichen Buchstaben förmlich entgegenschreien „ENDE", wird der Knoten in der Magengegend dicker und droht mich zu zerreissen. Als würde man liebe Freunde im Stich lassen, tritt man aus, aus deren Leben, wendet sich wieder seinen eigenen Geschichten und seinen eigenen Gedanken zu. Eine Zeit lang war man Teil von etwas Fremden, was vertraut wurde, was man liebgewonnen hat, liess sich verzaubern und verführen, liess sich im Glauben schaukeln, dazuzugehören.

Doch auch die Angst stieg mit jeder Seite, die man gierig verschlang, an die man sich wie ein Ertrinkender zu klammern drohte, nicht ohne das Unausweichliche zu erahnen. Die Angst, dem Ende entgegenzulaufen und es doch nicht verhindern zu können.

Bloss eine Geschichte, bloss nicht die meine.

Und jetzt? Das Buch ist gelesen, die Geschichte erlebt. Die Gedanken gefasst. Vieles bereits vergessen, einiges bleibt. Für immer. Und wie dieses Buch, ist auch das Leben ein solches. Spannend, ungewiss. Immer wenn man sich in Sicherheit wähnt, lauert auf der nächsten Seite bereits eine neue Gefahr. Die eine übersteht man, die andere nicht.

Und sie lebten glücklich und zufrieden bis an ihr Lebensende. Buch zu, Ende, aus. Vielleicht müssen gute Bücher hier einfach enden, weil niemand wirklich lesen mag, wie es weitergeht im Leben. Denn genau so wie der Anfang einer jeden Geschichte, muss auch der Schluss gut gewählt sein. Die letzten Worte müssen nachhallen, in Erinnerung bleiben, müssen die Höhepunkte der Geschichte ins Gedächtnis brennen, um dort für immer weiter zu leben.

Und auch ich werde diese Geschichte meiner Lebzeiten nicht mehr vergessen. Weil sie spannend war, von Anfang bis zum Schluss. Weil man lachen und träumen und weinen konnte. Weil sie Rätsel löste und Geheimnisse barg. Weil sie einem alles vergessen liess und die bisher gekannte Welt auf den Kopf stellte. Weil sie einzigartig war, und dies auch immer bleiben wird.

Und ich? Ich sage danke, dem Verfasser dieser wunderbaren Geschichte. Aus tiefstem Herzen danke für die gemeinsame Zeit und den gemeinsamen Weg.

Schreibt nicht die besten Geschichten das Leben selbst?

Safety first

Schön, dass du da bist. Ich habe tief in mir drin einen Raum. Ganz hinten am Ende der grossen Regale, wo ich alle Erinnerungen aufbewahre. Dieser Raum hat eine rote Türe und diese hielt ich stets gut verschlossen…

Es gibt Menschen, die lassen allen Unmut, alles Unverständnis einfach raus. Mund auf, raus damit, sich besser fühlen. Ich gehöre leider nicht dazu. Ich packe meinen Unmut, meine Wut oder sonstigen Sorgen in klitzekleine Schachteln und bringe sie in diesen besagten Raum. Da lege ich sie auf die staubigen Regale und hoffe, sie nie, nie wieder hervorklauben zu müssen. Das hat funktioniert. Bestens. Ich habe mich immer versichert, dass diese rote Türe auch gut verschlossen bleibt. Immer.

Nun ist es aber so, dass dieser Raum nicht unbegrenzt Platz hat. Die Regale werden mit den Jahren voller, die Tablare hängen durch. Die klitzekleinen Schachteln stapeln sich und auch der

Boden ist schon voll damit. Was mache ich denn nun, mit all diesen kleinen Schachteln, wo gehe ich mit denen hin? Warum können sie sich nicht ganz einfach in Luft auflösen?

Und eines Tages bin ich wieder vor diesem Raum gestanden und habe mit Schrecken festgestellt, dass die rote Türe, die Türe, die aus Sicherheitsgründen immer verschlossen sein muss, offensteht. Wie konnte das bloss geschehen? War ich unachtsam? Waren es ganz einfach zu viele Schachteln?

Mit grosser Sorge habe ich die Türe aufgestossen und sah, dass viele dieser kleinen Dinger einfach weg waren. Draussen, wo sie niemals hingehört hätten. Ich war gezwungen, alle einzufangen und noch einmal zu durchleben, sie anschliessend neu zu stapeln und die Türe wieder zu verschliessen.

Einige habe ich nicht mehr gefunden. Sie sind weg, für immer und ich kann es nicht mehr ändern.

Aus Sicherheitsgründen muss diese Tür immer verschlossen sein! Hat lange gut funktioniert, hat leider nicht ewig gehalten.

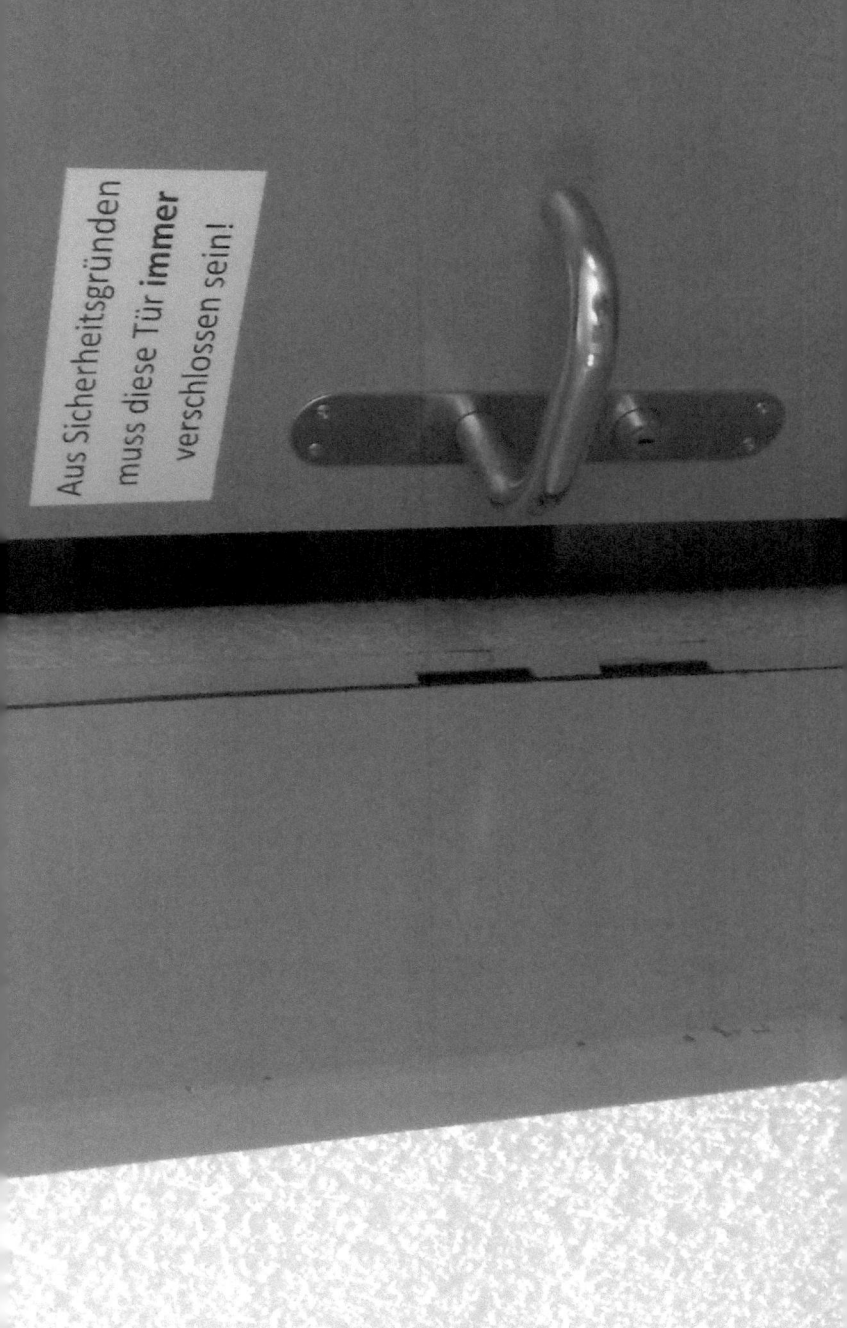

Aus Sicherheitsgründen muss diese Tür immer verschlossen sein!

1000 Küsse

1000 Küsse möchte ich dir schenken mein Schatz. 1000 Küsse sollen deine Wangen streicheln, dich liebkosen und sich auf deinen Lippen verlieren.

1000 Küsse sollen dich in den Schlaf wiegen, sollen dir Geborgenheit und Ruhe geben, sollen dich vor allem Bösen bewahren. 1000 Küsse sollen dich sanft wecken, wenn die ersten Sonnenstrahlen durchs Fenster blinzeln und dich in einen neuen Tag begleiten. 1000 Küsse soll es vom Himmel regnen und dich erheitern, wenn dunkle Wolken aufziehen. 1000 Küsse sollen dich besänftigen, wenn Wut dich übermannt. 1000 Küsse sollen dir neue Kraft und neuen Mut geben, wenn du mit dem Leben haderst. 1000 Küsse sollen bei dir sein, wenn du dich einsam fühlst.

1000 Küsse sollen meine Liebe zu dir widerspiegeln, gestern, heute und ganz bestimmt auch morgen.

1000 Küsse sollst du in Ewigkeit erhalten.

Ein Freund, ein guter Freund

Hallo und schön, dass du da bist. Ich war neulich im Zug unterwegs und habe die Unterhaltung zweier junger Frauen belauscht. Und jetzt geht's los, Obacht…

Die eine Frau, nennen wir sie mal Maria, klagte der anderen Frau, sagen wir ihr Katrin, ihr Leid. Ihre gute Freundin Beatrix hätte sie vor einer Woche mitten in der Nacht versucht 3mal anzurufen, aber sie hätte schon im Bett gelegen und überhaupt keinen Bock darauf gehabt, die Kummerkastentante zu spielen, Beatrix' Sorgen abzuhören und gute Ratschläge zu geben. Sie hätte die nächtliche Ruhestörung ganz einfach ignoriert und seitdem nichts mehr von ihr gehört.

Katrin gab dabei etwas scheu zu bedenken, dass diese Beatrix vermutlich dringend ihre Hilfe benötigt hätte, deshalb die nächtliche Ruhestörung, aber Maria wollte davon nichts wissen. Sie sei ja schon eine gute Freundin, aber jetzt hätte sie grad rein garkeinen Bock so kurz vor dem

Jahreswechsel und schon gar nicht mitten in der Nacht, aso hallo, gahts eigentli no?!

Und so ging das vertraute Gespräch über die besagte gute Freundin Beatrix und deren Mödeli weiter und mit der Zeit stellte sich mir die Frage, ob es sich hierbei wirklich um eine solch gute Freundin handelt. Und Maria? Hat die den Status Freundin überhaupt verdient? Jemand, der eine angeblich gute Freundin wegen «null Bock» und «Silvesterstress» hängen lässt und ihre Sorgen und Nöte (und mögen sie auch noch so klein erscheinen) gewissenlos ignoriert?

Doch was genau macht ein guter Freund denn aus? Sind es gemeinsame Hobbies, Sport, Kochen, Kino, Rudern oder so? Sind es Lieblingsferiendestinationen oder gar derselbe Beruf? Oder kann ein Freund nicht auch ein Mensch sein, der rein gar nichts mit einem gemeinsam hat, ausser der Grundeinstellung zum Leben und diese unsichtbare Verbundenheit, die man nie hinterfragen muss?

Ein wahrer Freund ist für mich ein Mensch, dem ich eben ganz unverschämt und ohne richtig schlechtes Gewissen zur Unzeit anrufen kann, wenn ich ihn ganz dringend brauche, der dann ganz einfach bedingungslos für mich da ist. Er hinterfragt und bestärkt, geigt mir ab und zu die Meinung, schützt vor Dummheiten oder macht gar mit. Ein Freund verurteilt dich niemals vorschnell, wenn du Entscheidungen in deinem Leben triffst, die er vielleicht nicht nachvollziehen kann. Er kündigt dir nicht seine angebliche Freundschaft, wenn du deinem Leben eine Wendung gibst und es nicht so weiterlebst, wie er es von dir erwartet. Ein Freund möchte Teil deines Lebens sein, egal wie es gerade auch aussehen mag, ist für dich da in guten und vor allem auch in schlechten Zeiten, ist Bruder und Schwester im Geiste.

Und Maria? So nett diese Maria auch ausgesehen hat, eine wahrhaftige Freundin ist sie wohl kaum. Ich kann ihr bloss von Herzen wünschen, dass sie niemals in eine Situation gerät, in der sie einen Freund an ihrer Seite benötigt, denn dann ist vermutlich gerade mitten in der Nacht, hat vielleicht keiner «Bock», liegt im Bett oder es ist ein Feiertag und man lässt sie mit ihren Sorgen ganz einfach im Regen stehen.

Und nun zu dir, mein lieber Leser. Bist du ein guter Freund von jemandem? Bist du zur Stelle, wenn man dich dringend braucht? Du verurteilst nicht, sondern hinterfragst, bestärkst, schlichtest und beruhigst, zeigst Varianten auf und vermittelst, hörst Sorgen ab und gibst Ratschläge, lachst oder ärgerst dich zusammen oder weinst gar mit? Bedingungslos?

Oder bist auch du die Sorte Freund, die zwar tagsüber und wenn es gerade für sie passt, für ein Spässchen zu haben sind, aber zu Unzeiten bitte mit Sorgen und Ängsten anderer verschont bleiben? Sag mal, welche Art Freund bist du und welche Art Freund, möchtest du sein?

Und so möchte ich diese heutige Kurzgeschichte allen wahren Freunden da draussen widmen und von Herzen danke sagen, dass es sie gibt, gegeben hat und auch immer geben wird.

Ein Freund steht in guten Zeiten an deiner Seite und in schlechten hinter dir.

Von Ouwärniiiiiis und laaangen Snakes

Hallo, schön, dass du da bist. Ich habe mal mit einer Freundin zusammen in der Schlange an der Kasse bei meinen schwedischen Kleiderfreunden gestanden. Die Schlange war lang, die Kassiererin neu, die Luft stickig, die Motivation dahin. Aber wir standen ja nun nicht allein da, sondern umringt von jungen Frauen, die sich rege unterhalten haben und Obacht, jetzt muäsch lose...

Mädel 1, nennen wir es der Einfachheit halber mal Kimberly Meier (ein saudoofer Name, ich weiss), fragt Kollegin 2, der wir hier und heute den wohlklingenden Namen Courtney Bünzli geben (haha, noch verreckter ich weiss!), welche vor uns in der Schlange stand:

„Hey säg mal Bitch, häsch eigentli Ouwärniiiiiis?" (Anmerkung: Stiefel mit sehr hohem Schaft, welcher bis über die Knie ragt, cool gäh?).

Courtney: „Hey luegsch man, scho hani Ouwärniiiiiis!"

Daraufhin Kimberly schwer beindruckt: „Krass Bitch – voll fresh…".

Und die rasche Unterhaltung, wollen wir sie denn so nennen, war vorüber. Kimberly ging erneut auf Kleiderjagt während Courtney ihren Kaugummi malträtierte und auf ihrem Smartphone rumtöggelte.

Und wir zwei? Nein, wir haben keine Ouwärniiiiiis und Bitch nennen wir uns schon mal gar nicht, aber auf Kleiderjagd gehen wir auch ab und zu.

Aber sag mal ehrlich. Wird es nicht immer verrückter mit den englischen Wörtern in unserem tagtäglichen Sprachgebrauch? Total crazy! Von Statements und Dates, von Food und Lunches und Dinners, von Sale und Black Friday, von Kids und Games, von Bitches und eben Ouwärniiiiiis…

Denn heutzutage machen coole Menschen Cookies und backen keine Guetzli mehr, sie geben dir ein Doggy-Bag, wenn du im Resti nicht aufgegessen hast (was eigentlich durch Tante G. mit Hundekotbeutel übersetzt wird, hmm… lecker), man arbeitet im Office und in der Freizeit geht man biken.

Irgendwie bin ich ja total dafür, dass man offen ist und Neues erlernt, aber gleichzeitig störe ich mich daran, dass es Altes verdrängt und dies dann als uncool herabgesetzt wird. Und Hand aufs Herz, ist es dir nicht auch schon so ergangen, dass du vor lauter englischen Wörtern den Sinn des Textes gar nicht mehr erfasst hast? Dass du zuerst mal das Wörterbuch zur Hand genommen oder Tante G. um eine Übersetzung gebeten hast? Na, What the F* wo sind wir denn hier? Wenn ich im eigenen Land die Sprache nicht mehr verstehe? Und wo kommen wir hin, wenn wir die ursprünglichen deutschen Wörter bereits vergessen? Das ist doch Bullshit sowas...

Wie gesagt. Ich bin offen für Neues und einige Wörter haben auch in meinem Sprachgebrauch einen festen Platz und ein Zuhause gefunden (Tschäggsch dä Pögg?!). Dennoch weigere ich mich, alles zu „verenglischen", bloss um hip zu sein, sondern mache weiterhin eine klare Aussage und kein Statement. Ich verabrede mich mit Freunden und nicht mit meinen Homies und möchte auch kein Date. Ich mache nach wie vor ein Päuseli und keinen Break, mein Essen heisst immer noch Ässe und ich esse es zum Zmittag oder Znacht. Ich möchte ganz gerne Visagistin und nicht Make-up Artist heissen und Fake Lashes heissen bei mir im Unterricht immer noch falsche Wimpern. Ja ich weiss, schimpf mich „old school", I don't care honey, sorry gäh. Über den Ausverkauf freue ich mich jedes Jahr und der schwarze Freitag ist mir total schnuppe. Mit den Kindern spielen wir weiterhin Spiele und Schlampen hats eigentlich keine in meinem Freundeskreis, aber anyway Dude.

Und weisst du was? Das Beste überhaupt ist, wenn englische Worte falsch ausgesprochen werden oder mit Absicht falsch eingesetzt oder „verdeutscht". Das ist vielleicht ein Spass! Wenn du mir animaly on the cookie gehst mit deiner Sprache oder du absolut auf dem woodway bist. That cucumbers me totally on und macht mi noodel finish - herrlich!

Und so standen wir zwei BFF's noch eine Weile in der Schlange (mir sind voll i de snake gstande mann), und liessen uns von Jugendsprache und Weihnachtsmusik berieseln, englischsprachiger versteht sich, denn wir sind ja alle on the top, gäll?

Und so wünsche ich Kimberly Meier, Courtney Bünzli und auch dir von Herzen frohe x-mas (Igs-mäs) mit Family und day offs und natürlich ganz viel Piis änd Löv fürs neue Jahr.

So what!

like a dictator. [Latin: related

orially *adv.* [Latin: related
TATOR]

diction /'dɪkʃ(ə)n/ *n.* manner
ciation in speaking or singin
dictio from *dico dict-* say]

dictionary /'dɪkʃənərɪ/ *n.* (
book listing (usu. alphabetic
explaining the words of a la
giving corresponding words
language. 2 reference book

Frau Untermtisch

Hi, schön, dass du da bist.

Sag, hast du auch Mitmenschen in deiner näheren Umgebung, die den natürlichen Abstand nicht einhalten? Dieses „Gärtchen", das so ungefähr eine Armlänge misst?

Diese Menschen meinen das ja nicht böse oder gar aufdringlich (also die meisten jedenfalls), nein, sie spüren diese unsichtbare Grenze ganz einfach nicht.

Ich habe vor einigen Jahren in einem Büro gearbeitet. In einer anderen Abteilung hatte es eben solch einen Kollegen. Wenn man miteinander etwas zu besprechen hatte, konnte man schon fast seine Nase mit der Zungenspitze berühren, so nah war man sich. Kein hässliches Husten, kein unerwartetes Niesen oder gar gruusigs Choddere konnte ihn auf Distanz halten.

Nun bin ich keine Frau, die andere vor den Kopf stossen möchte, ich scheue mich, solche zwischenmenschlichen Probleme direkt anzusprechen. Also ging ich dem eigentlich ja netten Kollegen so gut es ging aus dem Weg. Völlig falsch ich weiss schon, aber manchmal ist Flucht die effektivste aller Lösungen.

An ein ganz spezielles Erlebnis kann ich mich heute noch gut daran zurückerinnern. Ich stand gerade im kleinen Büro nebenan und unterhielt mich mit zwei Kolleginnen, als ich im Augenwinkel beim Eingang ganz vorne den besagten "Null-Gärtchen-Kollegen" wahrnahm.
Da ich mir ziemlich sicher war, dass dieser zu mir wollte, und ich – sorry gäh – überhaupt keinen Bock auf ihn hatte, hiess die Kurzschlussreaktion „Flüchten – JETZT!".
Ich nahm das erste und einzige Versteck in Angriff und so kroch ich unter den dritten, leerstehenden alten Holzschreibtisch mit Stuhlnische und geschlossener Front. Ich zog den leeren Stuhl ganz nahe heran und deutete vorher noch meinen Kolleginnen, sie sollen auch ja die Klappe halten.

Keinen Wimpernschlag später stand er auch schon da, mein „ich-kenne-keinen-normalen-

Anstands-Abstand-Kollegen" und fragte nach mir, da mein Büro leer stand.

Nun ich muss sagen, dass auf meine Kolleginnen echt Verlass war. Kein Pieps drang aus ihnen heraus, auch wenn es sie augenscheinlich fast vertätscht hätte. Ich sei nicht da und sie wüssten auch nicht, wo ich sei und ob und wann ich wiederkommen würde.

So, dachte ich mir selbstgefällig in meinem Versteck – und Abgang, aber subito jetzt.

Abgang? Von wegen Abgang! Mein „Gärtchen-Kumpel" dachte nicht im Traum daran, schon wieder die Fliege zu machen, stattdessen, obacht, jetzt kommts ganz dicke, nahm er sich den dritten Stuhl und setzte sich direkt vor meine Nase.

Und so kauerte ich nun da unten, mit Papier und Schlüsselbund in den Händen, penibel darauf bedacht, keinen Mucks von mir zu geben, der mich hätte verraten können.

Stellt euch mal vor, er hätte mich da unten entdeckt! Was hätte ich auch sagen sollen? „Ah ja hallo, ich bin soeben durch die geheime Schreibtischtüre gekommen…" bescheuert! „Oh, ich dachte, hier unten hätte ich mal meine Ruhe, aber Pustekuchen!" Idiotisch! Und so gingen mir tausend Dinge durch den Kopf, traute mich kaum zu atmen und harrte der Dinge, die da kamen.

Von Ferien und Gummibäumen, Kindergartenbesuchsmorgen und Staubsaugeraktionen (was, Dyson ist im Angebot?!), so vieles wusste der „Gärtchen-Gusti" zu berichten! Und meine Kolleginnen stimmten fröhlich ins Geplauder mit ein. Und während dieser angeregten Unterhaltung, rutschte er kontinuierlich näher an den Tisch heran. Bloss noch wenige Zentimeter trennten mein Gesicht von seinen Knien. Machte der das etwa mit Absicht? Wusste er, dass ich da unten in der Falle sass?

Leute, Zeit ist biegsam, manchmal rennt sie rasant, als wäre der Teufel persönlich hinter ihr her, manchmal kriecht sie wie ein 100-jähriger Öpi vor sich her. Und endlich, nach einer gefühlten Ewigkeit erhob sich der Gärtner und bat meine Kolleginnen mir auszurichten, dass er da gewesen sei, sollten sie mich heute doch nochmal zu Gesicht bekommen. Gesagt, versprochen, endlich – Abgang und Ende der Farce.

Nach 60 Sekunden Sicherheitscheck kroch ich endlich mit hochrotem Grind und schweissgebadet unter dem Tisch hervor. Meine Kolleginnen johlten und grölten und ich stieg irgendwann auch ins Gelächter mit ein. Wie bescheuert kann man denn sein, bitte?!

Keine halbe Stunde später wusste bereits die gesamte Abteilung von meiner „Versteckis-Aktion", ja, sowas machte schnell die Runde. Ob mein „Gärtchen-Kumpel" es auch erfahren hatte, oder bereits geahnt hatte – ich weiss es bis heute nicht…

Bloss eines weiss ich: Wenn mir heute jemand in meinen Garten trampt, mache ich einen Ausfallschritt und stehe fortan im Grätsch da. Hat mir schon ein paarmal ganz gut geholfen und sicherlich krieche ich nie nie wieder unter einen Bürotisch. Frau Untermtisch – Abgang.

Old man my ass

Also um ganz ehrlich zu sein, habe ich mir das Ganze schon ein bisschen anders vorgestellt, denke ich mir so im Stillen und setze den Blinker. Die Scheibenwischer streifen über die Windschutzscheibe und hinterlassen hässliche Striemen. Aus lauter Idiotie und weil ich der Ansicht war, ich müsste mal zum Haus raus und Kohle verdienen, habe ich mich bereit erklärt, einen Rentner zu chauffieren. Ich habe mir vorgestellt, einen netten 90-jährigen Öpi zu fahren, mit ihm über die Tage im Altersheim, seine geliebte, aber leider bereits verstorbene Gattin zu plaudern, mehr über die Kriegsjahre zu erfahren und glänzende Augen bei der Erwähnung der Enkelkinder zu sehen. Und jetzt hat der Herrgott mir das beschert…

Chauvinist ist wohl noch milde ausgedrückt. Der nicht mehr ganz so rüstige Senior, der sich in meinen kleinen Wagen gezwängt hat, redet seit Minuten im Oberbefehlshaberton auf mich ein. Wenn er mir nicht gerade befiehlt, wie ich zu fahren habe, belehrt er mich, dass eine gute Frau ihrem Mann zu gehorchen hat. Alleine dieses Wort stösst mir sauer auf und ich drücke ein bisschen mehr auf die Tube. Er sei nie verheiratet gewesen, hätte aber ganz viele Frauen glücklich gemacht und mache dies auch heute noch. Am liebsten würde ich mir die Ohren zuhalten, aber freihändig zu fahren würde die ganze Situation doch wesentlich erschweren. Die Kriegsjahre werden dann doch tatsächlich noch am Rande erwähnt, aber der Fokus liegt ganz gewiss auf seiner noch vorhandenen Libido. Die 20 Dosen Ananas, die ich ihm aus dem Supermarkt besorgen musste, liegen mittlerweile im Kofferraum und ich habe aufgehört mich zu fragen, wie dieser Fremdkörper in meinem Auto so tickt.

Mittlerweile rezitiert er seine eigenen Gedichte und erwartet eine vollständige Analyse ebendieser von mir. Da ich dies nicht zu seiner Zufriedenheit kann, werde ich kurzerhand als „geistig minderbemittelt" abgestempelt. Na, schönen Dank auch. Ich bin mittlerweile dermassen von diesem Herrn genervt, dass ich beinahe die Contenance verliere und in Versuchung gerate, diesen „alten blöden Sack" an der nächsten Strassenkreuzung ganz einfach auszusetzen. Aber dazu wurde ich wohl zu gut erzogen, also denke ich mich im Stillen weit weg und versuche mich stattdessen aufs Autofahren zu konzentrieren.

Es regnet nonstop und selbst am miesen Wetter scheine ich die Alleinschuld zu tragen. Tierfreunde, Feministen, langweilige Spiesser, bucklige Verwandtschaft – alles wird in den nächsten Minuten bis zur Unkenntlichkeit zerredet und herabgesetzt, entwürdigt und belächelt. Bloss Nietzsche, der ist ein Gott. Und ich denke so bei mir, dass die verflixte Zeit doch einmal für mich sprinten könnte. Ich sehne mich nach dem Augenblick, in dem ich die Autotür zuschlagen und auf Nimmerwiedersehen davonbrausen kann.

Meine zunehmenden Gesichtsentgleisungen und die tiefen Seufzer konnte ich dann doch nicht ganz verbergen. Daraufhin folgte eine komplette Psychoanalyse und der rüstige Rentner riet mir, mich besser der Männerwelt anzupassen und wie furchtbar negativ ich doch zur Welt und ihren Mitmenschen eingestellt sei.

Bloss zu einem, denke ich mir und jubiliere wiederum im Stillen, als wir in die schmale Strasse einbiegen und das Altersheim nun endlich sichtbar wird...

Und nachdem ich diesen unmöglichen Menschen wohlbehalten der Pflegerin übergeben habe und auf den Lift warte, höre ich ihn im Gang bereits über die frustrierten enddreissiger Frauen zu wettern, die weder Kinder, noch Ausstrahlung noch Geist und Esprit hätten...

Und ich?

Ich habe soeben beschlossen, dass ich nie, nie wieder vermeintlich rüstige Rentner beim Einkaufen helfen werde und höchsten Respekt gegenüber allen Pflegefachleuten habe. Denn auch die können sich ja schlecht die Ohren zuhalten, das würde die ganze Geschichte bloss unnötig in die Länge ziehen.

Und die Zeit? Die war ziemlich lahm heute und ist bloss so vor sich hin gekrochen. Also wenn ich ganz ehrlich bin, ist sie eigentlich total verloren.

Zeit ist wertvoll mein Freund, man sollte sie unbedingt mit Mitmenschen verbringen, die man mag.

Ein Herz für Tiere

Hallo und herzlich willkommen. Heute möchte ich mich weder über Silvesterfeten noch über alte Weihnachtsbäume auslassen, nein, heute möchte ich dir, lieber Leser, von einer Unterhaltung mit einem Arbeitskollegen berichten, die mich richtig butzig gemacht hat. Obacht, jetzt muesch lose…

Die Daseinsberechtigung eines Hundes beruhe lediglich auf der Tatsache, dass er Katzen jage. Hä? Genauso die Daseinsberechtigung einer Katze sei ihr Instinkt, den Mäusen den Garaus zu machen. Aha. Und die Mäuse dann? Die hätten ohnehin keine Daseinsberechtigung und seien pures Ungeziefer, auf das die Menschheit gut verzichten könne. Ich klebte schon beim Hund beinahe an der Dilli, vor lauter Ärger. Sein Recht auf Dasein sei die Tatsache, ein Mensch und somit die Spitze der Nahrungskette zu sein, so mein Kollege. Basta.

Wer mich kennt der weiss, dass ich ziemlich tolerant mit meinen Mitmenschen bin und durchaus andere Meinungen anerkenne, aber sorry gäh, tiggts no?! Ich bin zwar tolerant, aber ich bin auch mit vollem Herzen Tierfreund und wenn ich ehrlich bin, tat mir der Kollege nach anfänglichem Ärger geradezu leid. Er wurde wohl noch nie am Feierabend von einem Hund sehnlichst erwartet, hat niemals mit einer Katze «gooplet», sich niemals auf den Rücken eines Pferdes gewagt oder dem Hamster ein tolles Röhrensystem gebaut.

Ich finde es nahezu unglaublich, dass wir in unserer zivilisierten Gesellschaft noch Tierversuche durchführen, wo es doch sicherlich Menschen gibt, die für Geld auch das mit sich machen lassen würden und es ist in meinen Augen beschämend, dass es tatsächlich eine ernsthaft diskutable Frage ist, ob Tiere denn auch Gefühle hätten. Wer schon einmal erlebt hat, wie das Gspändli seines Haustieres gestorben ist, der weiss, dass Tiere genauso trauern wie wir Menschen. Dass sie wütend, ängstlich, fröhlich oder albern sein können.

Versteh mich recht. Ein Tier soll nicht vermenschlicht werden, aber man soll ihm im Mindesten mit Anstand und Respekt entgegentreten. Das hat jedes Lebewesen verdient.

Als ich vor einigen Jahren im Tierspital auf meinen Vierbeiner warten musste, war eine Mutter mit ihrer weinenden Tochter ebenfalls beim Empfang. Die Kleine hielt eine Mini-Transportbox in den Händen, darin ein kranker Hamster. Bei der Anmeldung hat die Mutter beinahe gelacht, denn augenscheinlich war es ihr peinlich, «bloss» wegen eines Hamsters so ein Theater zu veranstalten. Als man Sie nach dem Namen des Tieres gefragt hat, hat sie sich wiederum fragend an ihre Tochter gewandt. «Hamschti», hat die Tochter geschnieft und eine weitere Träne verdrückt. Ich habe mitgelitten und mich ebenfalls um Hamschti gesorgt.

Und als ich so mit meinem Kollegen über Tiere und Tierliebe, Unverständnis und Menschlichkeit sprach, kam mir diese Szene wieder in den Sinn. Denn die Kleine hat verstanden, dass es Hamschti echt mies ging, und sie sehr wahrscheinlich in dieser Nacht einen Freund verlieren würde. Und die Mutter? Die hat rein gar nichts verstanden, genauso wie mein Kollege. Basta.

Und so frage ich dich, lieber Leser, wie stehst du zum Thema Tier? Bist du auch der Meinung, dass Tiere eine Seele haben, bloss in einem anderen Körper und mit Pfoten, Krallen oder Flügeln? Dass sie die wahren Engel an unserer Seite sind, denen es ganz egal ist, wenn die Haare ungewaschen, oder das Gesicht mal wieder voller Pickel ist? Die es nicht im Geringsten kümmert, wenn du knapp bei Kasse bist, oder zu viel auf die Waage bringst? Die im Hier und Jetzt leben und wir von ihnen noch viel lernen können? Gehörst auch du zu denjenigen die das Glück haben, ein Tier bedingungslos lieben zu können und dafür bedingungslos zurückgeliebt zu werden?

Oder gehörst du stattdessen eher zur Sorte «Kollege», die in Tieren bloss Nutzen oder Last sehen, ihnen jegliches Gefühl aberkennen und denen es piepegal ist, wie diese ihr Dasein fristen, bloss weil sie den Menschen über alles stellen?

Ich habe alle meine Tiere aus tiefstem Herzen geliebt und beim Verlust bitterlich geweint. Jeder dieser Freunde war mir mehr wert, als man in Gold aufwiegen könnte und tausendmal lieber als mancher Mitmensch.

Und mein Kollege? Der belächelte meinen Protest, sagte, dies sei ja wohl die Meinung eines kleinen Kindes und nicht die einer erwachsenen Frau und mit der geringschätzigen Bemerkung: „Ja, ja, Du häsch halt es Herz für Tierli", liess er mich stehen.

Ein Herz für Tiere soll ich haben?

Weisst du was?

Entweder man hat ein Herz, oder man hat gar keines. Basta.

Du möchtest deinen Kindern Tiere näherbringen? Super! Hier meine Buchempfehlung dazu:

Sandy Jud

Oskar Sonnenschein
Für mich bist du perfekt!

ISBN-13: 9783749470761
www.sanjustar.com

Und natürlich darf der plüschige Freund dazu nicht fehlen:

Erhältlich unter **www.sanjustar.com**

Von WTF, LOL und OMG

Halli hallo und schön, dass du Zeit hast. Ich habe neulich im Büro eine Telefonnotiz erhalten, die in etwa so ausgesehen hat: SJ RR ASAP THX. Ok, dachte ich mir, wird ja wohl Steno oder irgendein anderes Rätsel sein – war's auch, also zumindest für mich. Ich bin ja nun noch nicht Methusalem, aber irgendwie hinke ich schon ein wenig der Zeit hinterher. Ein jüngerer Mitarbeiter hat mir die kryptische Notiz dann entschlüsselt. Sandy Jud, Rückruf, as soon as possible, Thanks. Aha…

Zuallererst wollte ich eine ebenso kryptische Rückmeldung verfassen, sowas Cooles wie: WTF? CU & LOL, aber das hatte irgendwie keinen rechten Sinn ergeben wollen und so hab' ich in guter alter Manier mit «Erledigt, danke.» geantwortet.

Und nun frage ich dich, lieber Leser, bist du vertraut mit all diesen Abkürzungen, die es irgendwie in unseren täglichen Sprachgebrauch geschafft haben? Die wohl vom sms(!)-schreiben herrühren, und wo zum Tüüfel steht eigentlich geschrieben, dass man neuerdings mit Buchstaben knausrig umzugehen hat?

An die Abkürzung ASAP (as soon as possible, also so rasch wie möglich) habe ich mich mittlerweile gewöhnt. Auch dass die Abkürzung LOL, laughing out loud, also laut herauslachen und nicht Lots of Love bedeutet, hat sich seit dem Missverständnis auf Facebook, bei dem eine Mutter ihren Sohn über das Ableben des Opas informiert hat - your Grandpa died, LOL (!!:)) - bei mir eigeprägt (SDDMV – stell der das mal vor!). Die Notiz TBD musste ich allerdings nachfragen (to be defined, also noch zu definieren), und CU (wir sehen uns) und MFG (mit freundlichen Grüssen – hui was Deutsches!) sind ja schon alte Hasen mit Bart. Dass aber mittlerweile PLZ für das englische Please, also «Bitte» stehen soll, und nicht mehr für die gute alte Postleitzahl ist mir gänzlich neu.

Und auch wenn sich alles in mir sträubt, so habe ich doch beschlossen, heute ein wenig mit der Zeit zu gehen und einige dieser, in meinen Augen unmöglicher Abkürzungen in meinem kurzen Bericht hier aufzunehmen:

Was? OMG, du hast «Sorry gäh… noch nicht gekauft? Also nun mal F2F (Face to Face, also von Angesicht zu Angesicht)… das Buch musst du dir unbedingt reinziehen! Da wirst du sicherlich LOL dabei! Und BTW (by the way), auch das zweite Buch von Sandy, Tiggts no?!, ist FTW, also for the win.

Also los, worauf wartest du noch? Kauf sie dir und zwar ASAP!

THX (Thanks) und CU (see you), wo? TBD!
HDL (Ha di lieb) und Küsschen drauf!

XXX

(Bescheuert, nicht wahr?)

Von A wie Arithmetik bis Z wie Zündkerze

Hallo und herzlich willkommen. Ich sass neulich im Flieger (ja, sorry Greta), und war umringt von einer Tschutimannschaft, die ins Trainingscamp flog. Du kannst mir sagen was du willst, vermutlich waren das super Spieler, bloss sonst war nicht gerade viel los mit denen...

Spieler Nummer 2 fragte Spieler Nummer 4, ob er schon mal in Südafrika gewesen sei. Wo genau, fragte dieser zurück. „Südafrika Mann, s'Land, Mann", erwiderte Nr. 2. „Südafrika isch keis Land Bro, sondern en Zipfel", entgegnete Nr. 4 überzeugt. Und während den nächsten Minuten war eine Gruppen-Diskussion entbrannt, ob denn nun Südafrika wirklich und wahrhaftig ein Land sei. Tante G. löste das Rätsel dann schlussendlich auf, und alle, ausser Nr. 2, hatten ein AHA-Erlebnis. Die Geografiekenntnisse der Sportler liess mich erschaudern und nicht bloss mein Sitznachbar machte ab und zu grosse Augen ob der Aussagen der Jungs in Trainingshosen.

Und während ich da so lauschte und mich zurücklehnte, überlegte ich mir, was ich damals in der Schule gelernt habe. Wir hatten Schulfächer wie Deutsch und Französisch, Mathematik und Physik. Wir haben haarklein die Französische Revolution zerlegt und wissen nun, wie ein Tetraeder auszusehen hat. Wir können Wurzeln ziehen und die Photosynthese erklären. Grossartig! Bloss wenn ich ganz ehrlich bin, hat mir all das in meinem Erwachsenenleben nicht wirklich viel weitergeholfen.

Und so schweifen meine Gedanken ab und ich stelle mir meine „Lieblingsfächer" im Geiste zusammen. Ich hätte gerne mehr über Politik und Wirtschaft gelernt, wie die Welt in den verschiedenen Ländern regiert wird.

Aufgepasst hätte ich sicherlich, wenn mir jemand die Börse erklärt hätte und warum immer alles Bach ab geht, wenn ein Unglück geschieht. Ich hätte mir gewünscht, dass wir gelernt hätten, wie man mit Geld richtig umgeht, was ein Wocheneinkauf so kosten kann und wie man ein schlaues Budget erstellt. Welche Versicherungen man wirklich benötigt, wie man eine Steuererklärung richtig ausfüllt und wie das mit der AHV und dem BVG so funktioniert.

Spannend hätte ich es gefunden, wenn wir das Fach „Fortbewegungsmittel" gehabt und wir gelernt hätten, wie es im Innern einer Kühlerhaube aussieht, wo denn nun diese ominösen Zündkerzen sitzen, wie man den Oelstand überprüft, wie der Motor überhaupt funktioniert und wie man einen Reifen richtig wechselt. Allgemeinbildung in der heutigen Zeit wäre fein gewesen. Was genau geschieht denn bei einer Einbürgerung, wie setze ich einen PC neu auf und wie funktioniert Gopf nochmals das richtige Handhaben eines Defibrillators?

Und so kommen mir immer mehr Ideen, was ich in der Schule gerne gelernt hätte. Das Fach „News" wäre doch toll gewesen! Mit der Gruppe zusammen ein aktuelles Thema diskutieren, sei es nun ein vermeintlicher Killer-Virus, eine Jugendliche, die Rabatz macht oder ein Kontinent, der in Flammen aufgeht. Zeitung aufschlagen, News lesen, interessiert sein, darüber sprechen und sich austauschen.

Geografie gehört für mich ganz sicherlich zu den wichtigen Fächern. Die Welt ist ein Dorf und ich erachte es als notwendig, dass man weiss, dass Südafrika ein Land ist. Und nicht zuletzt Sprachen. Wie gesagt, die Welt ist zum Dorf geworden und man hat heutzutage die Möglichkeit, fast überall hin zu gelangen und es ist so vieles einfacher, wenn man Sprachen beherrscht. Und ich meine nun nicht die olle Grammatik studieren, bis sie zu den Ohren raushängt, denn damit kann man einem eine Fremdsprache so richtig schön vermiesen, nein, ich spreche von Kommunikation, vom Reden und sich verständigen können, von Hemmungen ablegen und einfach drauflos schnörre. Deutsch, Englisch, Italienisch, Französisch, Spanisch, und in der heutigen Zeit vielleicht noch Chinesisch und Arabisch... Ich hätte wohl alle Fächer besucht.

Du siehst, mein lieber Leser, würde ich eine Schule eröffnen, so wäre dies wohl eher eine „Lebensschule". Eine Schule, die hilft, die alltäglichen Hürden zu erkennen und sie galant zu meistern.

Und du? Vielleicht bist du ja Lehrer und schüttelst nun den Kopf ob solch einer Idiotie? Verteidigst schon vehement den aktuellen Lehrplan oder sinnierst ebenfalls im Geiste, welche Fächer du haben möchtest? Vielleicht mehr Sport, Ernährungsberatung oder mehr Handwerk?

Lass es mich wissen, dann bauen wir uns im Geiste die „ideale Schule" zusammen und vielleicht würde dann das nächste Mal eine Klasse in meinem Flieger hocken, die sich gerade darüber unterhält, warum Sonnenschutz so unheimlich wichtig ist, und wieviel wohl das Kerosin gerade kostet, dass uns auf die Insel bringt.

Sie haben Ihr Ziel erreicht

Grüezi und schön, dich hier anzutreffen. Technologie soll ja bekanntlich unser Leben enorm vereinfachen. Drohnen werfen die sausperrigen Zalando-Pakete in Zukunft direkt in unsere Gärten, während der nette Hausroboter mit mir gerade eine Partie Pingpong spielt. Der Kühlschrank sagt mir, was ihm gerade fehlt und ob der aufgeblähte Joghurt ganz hinten doch noch geniessbar ist.

Die Pfunzlen in der Wohnung werden übers Handy gesteuert, meine superschlaue Fernsehbox schlägt mir mein abendliches TV-Programm vor und auch den Kamin werde ich wohl irgendwann schon vom Büro aus anheizen lassen können. Du siehst, in naher Zukunft brauchen wir keinen Finger mehr zu krümmen und die Technologie erledigt die mühselige Alltagsarbeit für uns, damit wir mehr Zeit zum, ja zum was eigentlich, haben?

Neulich sass ich mit Freunden im Auto. Das Ziel war eine Beiz in der näheren Umgebung, die Beiz kannten wir, den Weg dorthin leider nicht.

Aber, in der heutigen Welt und in unseren Breitengraden ja überhaupt kein Problem. Rasch das Navi eingeschaltet und da dieses ja über eine Spracherkennung verfügt – nichts leichter als das...

Dübendorferstrasse. Nun, du musst dir vorstellen, mein Kollege kommt aus dem Osten des grossen Kantons, also spricht er, wie die meisten anderen auch, kein lupenreines Hochdeutsch. «Dübendooferstraaaasse», so hat es für unsere Ohren und wohl auch für das Navi geklungen, welches prompt und mit nervenaufreibend netter Stimme sagte: «Ich habe Sie nicht verstanden.».

Auch nach unzähligen weiteren Versuchen und angewandter Zungenakrobatik, wurde keine Dübendorferstrasse als Ziel erfasst. Der Blutdruck meines Kollegen stieg frappant in die Höhe und als das Navi beim x-ten Fehlversuch antwortete: «Sie hören Radio Energie» und sich sogleich verabschiedete und der Bildschirm schwarz wurde, lachten wir anderen bereits Tränen. Schöne, neue, einfache Welt.

Versteh mich nicht falsch. Ich bin zwar kein sogenannter «Tekkie», also mitnichten ein Fan von Technologie, denn um diese zu verstehen, fehlt mir der dafür notwendige Sinn und, ja, du mögest es mir verzeihen, auch das Interesse. Aber ich finde es durchaus toll, dass wir uns in Sekundenschnelle Textnachrichten und Bilder zusenden können, dass wir mit Freunden, die am anderen Ende dieser Kugel hocken, per Skype in Kontakt bleiben, dass ich bequem vom Sofa aus bei meinem Lieblingskleiderhersteller shoppen kann (wenn ich denn das Passwort nicht vergessen habe), und dass sich meine Bildungslücken mit Tante G. schliessen lassen, überall und jederzeit.

Aber, und jetzt kommt das grosse ABER mein Freund...

Ich tue mich schwer mit der Vorstellung, dass mein Auto von sich aus Gas gibt und bremst, denn das will ich selbst entscheiden. Ich mag es nicht, dass ich jedes Mal Werbung im Internet erhalte für Dinge, die ich mir gerade angesehen habe (denn das ist irgendwie gruslig, sorry gäh), und auch meinen Kühlschrank fülle ich gerne noch nach Belieben selbst. Ich bin mir durchaus bewusst, dass ich diese Dienstleistungen ja nicht in Anspruch nehmen muss, aber du wie auch ich wissen, dass wir irgendwann mal nicht mehr an ihnen vorbeikommen werden. Entweder machst du jetzt mit, oder du bleibst auf der Strecke.

Ich staune immer wieder, wie alte Menschen gut mit Ihren Smartphones zurechtkommen, wie sie mit ihren Kindern in Amerika skypen oder die Tageszeitung auf dem Tablet lesen. Und ich frage mich, warum tue ich mich so schwer damit? Weil ich dem Ganzen einfach nicht vertraue? Es weder greif- noch fassbar ist?

Und wie geht es dir damit? Mit Navis, die dich nicht verstehen, mit Self-Check-In am Flughafen, Self-Tipp-deinen-Kram-selbst im Supermarkt, mit Online-Shopping, Online-Banking und eigenwilligen Autos? Interessiert oder total dagegen? Misstrauisch oder euphorisch?

Und als ich neulich wieder im Auto sass und bei meinem Navi, dem Kurt die gewünschte Strasse manuell eintippte, führte dieser mich zielsicher durch ein verwirrendes Netz von Strassen, die alle gleich ausgesehen haben und ich die Richtige im Leben niemals ohne ihn gefunden hätte.

Man muss wohl auch hier, wie bei allem im Leben, seinen ganz persönlichen Kompromiss finden, offen für Neues sein, um dann für sich entscheiden zu können, ob es in seinem Leben Platz dafür gibt und ob es dadurch besser und einfacher, oder einfach nerviger und komplizierter wird.

Sie haben Ihr Ziel erreicht.

Das erste halbe Jahr 2020 hätten wir hinter uns

Grüezi und herzlich willkommen. So, meine Lieben, das erste halbe Jahr wäre also geschafft. Angefangen hat dieses verrückte Jahr mit einem brennenden Kontinent, mit unzähligen schauderhaften Bildern von verbrannten Koala-Füsschen und flüchtenden Menschen vor lodernden Flammen. Schreckliche Bilder, aber gottlob ja weit von uns entfernt. Man hat Koala-Armketteli und Plüschtiere gekauft, Spendengelder wurden zusammengekratzt, um irgendwie aus der Ferne zu helfen. Und auf einmal war da nichts mehr in den Medien. Nada. Keine Berichterstattung vom Wiederaufbau, rehabilitierten Tieren und zurückkehrenden Menschen. Denks dir selbst aus, solche Bilder machen keine Schlagzeilen. Nein, denn beinahe nahtlos sind wir dann zu Greta übergegangen, haben uns wochenlang anhören müssen, was für idiotisch egoistische Umweltmonster wir doch alle wären und dass man die Welt am besten rettet, indem man sich am Freitag mit dem ganzen frustrierten

Pulk auf eine Tramschiene setzt und das Problem jedem, aber wirklich jedem um die Ohren knallt.

Nun ist dieses penetrante «Vor-Augen-Halten» leider oftmals auch kontraproduktiv und so bin ich wohl nicht die Einzige, die irgendwann echt genug von diesem Thema hatte und es besser gefunden hätte, wenn die frustrierte und um unsere Umwelt höchst besorgte Jugend am Wochenende mal einen Güselsack in die Hand genommen und im nahem Wäldli ein bisschen «gfötzelet» hätte. Seis drum.

Und gottlob hatten die Medien erneut keine Lücke zu beklagen und mit Nonsens-Nachrichten zu stopfen, denn kaum war der Hype um die «Gretanier» ein wenig verpufft, kam auch schon das bösartige Killervirus um die Ecke gerauscht. Und was dann geschah, hätte ich mir in meinen wildesten Träumen niemals ausgedacht.

Im Minutentakt wurde man zu Anfang mit «Todesmeldungen» bombardiert, Unwissenheit und Panik machten sich in der Bevölkerung breit. Und was tat diese? Vollkommen irrational kaufte sie bergeweise Klopapier, denn jeder wusste, dass ein aggressives Lungenvirus einen an den Topf bindet…

Wenn man Mitte März im Supermarkt war, fühlte man sich wie in einem Dritte-Welt-Land. Teigwaren, Reis, Bohnen und Wienerli waren alle, Desinfektionsmittel schon lange nicht mehr lieferbar, Früchte und Gemüse? Weg! Aufgekauft! Auf Vorrat? Gegen die drohende Hungersnot? Den sicherlich bald bevorstehenden dritten Weltkrieg?

Und wenn man mal wirklich Klopapier benötigte, hatte man schon ein schlechtes Gewissen und war froh, wenn man dieses popelige 2er-Päckli, das man unter bösen Blicken noch ergattern, möglichst unerkannt, schnell bezahlen und im Kofferraum verschwinden lassen konnte.

Man musste auf einmal zwei Meter Abstand zu seinen Mitmenschen haben, Händeschütteln oder gar weitere Berührungen waren strengstens verboten, die Beizen, Läden und Schulen wurden geschlossen, Kinder zu Hause unterrichtet, Alte gar in Schutzhaft genommen.

Nun sind wir eine Gesellschaft, die Verzicht so nicht kennt und der schon grad gar niemals was von der Regierung vorgeschrieben wurde. Die sieben Köpfe sah man sonst so gut wie nie, meist bloss einmal im Jahr, nämlich auf dem traditionellen Bundesratsfoto.

Und auf einen Schlag war alles anders.

Ich will ehrlich sein, liebe Leser. Ich hatte kein Klopapier auf Vorrat und trug keine Maske im Auto. Händewaschen, Abstandhalten und gesunden Menschenverstand walten lassen waren für mich die klügsten aller Notvorkehrungen. Panik ist niemals ein guter Berater.

Ich hätte vieles ähnlich und einiges vermutlich komplett anders gemacht. Ich bewundere nach wie vor all die Menschen, die in diesen schwierigen Zeiten über sich hinausgewachsen sind (in welcher Form auch immer), aber das tue ich ohnehin, auch in «normalen Zeiten». Denn es gibt sie immer und überall, diese ganz speziellen Menschen, die Herausragendes leisten, jeden verdammten Tag, und denen niemand applaudiert.

Ja, meine lieben Leser. Das erste halbe Jahr hätten wir also hinter uns, was mag das Kommende wohl bringen? Werden wir die sozialen, zwischenmenschlichen Schäden gänzlich reparieren, uns irgendwann wieder, ohne Hintergedanken an Lungenmaschinen und Tod, in die Arme fallen können, in einer Schlange fürs Glace anstehen und Klopapier ohne böse Blicke der Mitmenschen kaufen, in die Welt rausfliegen und Grenzen überwinden? Werden wir?

Ich hoffe sehr, dass wir irgendwann in eine gewisse «Normalität» zurückfinden können und trotz all dem Leid sich das Gute durchsetzen wird und auch beibehalten werden kann.

Achtsamkeit für sich selbst, Achtsamkeit für seine Mitmenschen.

Uf los gaats los – hebed oi Sorg…

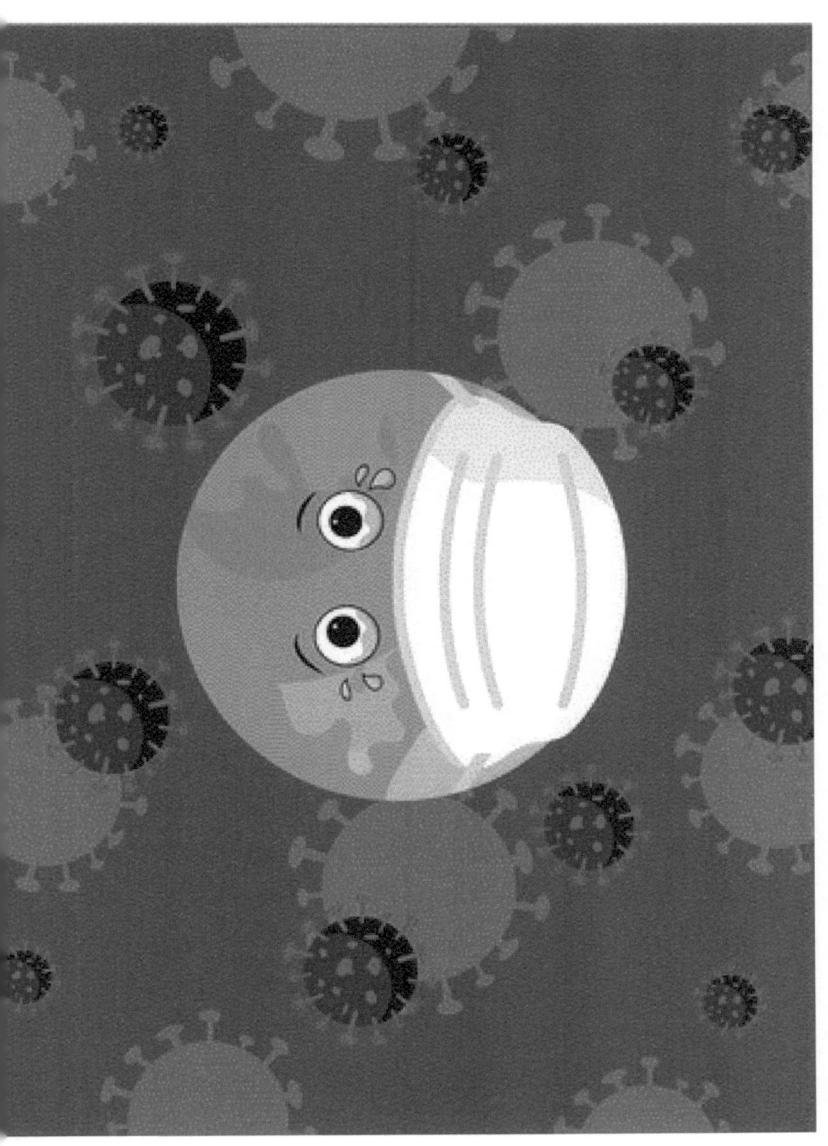

Und zum Schluss

Tja, was soll ich noch gross schreiben, so auf den letzten Seiten dieses Buches...

Die Geschichten sind erzählt, der eine oder andere hat mal hier und da gelacht, sich ein wenig amüsiert, geärgert oder ganz einfach hintersinnt. Es gibt kein grosses AHA zum Schluss, kein Rätsel des Universums wird jetzt enthüllt, keine grosse Frage beantwortet, kein Mörder gefasst und kein Liebespaar liebt sich bis in alle Ewigkeit. Es ist das reale Leben Leute, was habt ihr erwartet?

Aber vielleicht und gerade, weil meine Geschichten so hunzkommun normal daherkommen, findest du dich in den einen oder anderen wieder. Weil sie kurz und knapp sind und man echt keinen langen Schnuuf braucht, um mal eine zu lesen, liegen sie auch nicht schwer auf der Seele, wenn du die letzte Seite durchhast. Vielleicht liest du sie vor dem Ins-Bett-gehen, auf dem Klo, beim Warten auf den Bürokollegen, am

Sonntag auf der Couch oder im Urlaub am Strand. Da, wo man halt im realen Leben so ist.

Und so bleibt mir nichts anderes als Danke zu sagen. Danke, dass du den Batzen in die Hand genommen hast, um mein Buch zu kaufen. Danke, dass du dir die Zeit genommen hast, mein Buch zu lesen. Danke, dass du dir den einen oder anderen Gedanken dazu gefasst hast, dich selbst ein wenig widerspiegelst, vielleicht auch mal hinterfragst und niemals zu ernst nimmst.

Und ich hoffe und wünsche mir, noch viele solcher Episoden in meinem Leben zu erleben und euch im Anschluss davon berichten zu können.

Die Spitze Feder ist noch immer spitz, der Geist einigermassen wach… also bis zum nächsten Mal und hebed oi Sorg! CU & xxx

Eure Sandy

Sodeli, gschafft.

Und jetzt?

Tschäggsch dä Pögg?!

Geschafft! Du hast soeben mein 3. Buch zu Ende gelesen. Und, wie hat's dir gefallen?

☐ **Super!**　　　　　　　　**Cool, danke villmal**
　　　　　　　　　　　　Bitte wiitersäge...

☐ **Aso, es gaht eso**　　　**Beim 4. wird's**
　　　　　　　　　　　　besser, versprochen

☐ **Hätte was Besseres**
　　mit meiner Zeit
　　anstellen können　　　**Uiii echt?**
　　　　　　　　　　　　Sorry gäh...

☐ **Einfach zum**
　　Abgewöhnen　　　　　**Tiggts no?!**

Falls du „Super!" ausgewählt und Lust auf mehr hast, oder unbedingt deinen Homies und BFF davon erzählen möchtest, so empfehle ich dir meine beiden anderen Bücher... überall erhältlich, wo man Bücher halt so bekommt...

Weitere Infos auch auf www.sanjustar.com

ISBN-13: 9783749450312
www.sanjustar.com

ISBN-13: 9783732282593
www.sanjustar.com